彼女の言葉はつっかえつっかえで
中々本題に入らない。
その姿は、本当に今から勇気を出して
告白をする女の子そのものだ。
とても罰ゲームの告白とは思えない。
「私……簾舞の事が……
す……す……す……
好き……なんだよね、
だからさ……付き合って……
くれない……かな……」

みすまいようしん
簾舞 陽信
学内ではあまり人付き合いをせず、影の薄い少年。
自分の容姿に無頓着なのでダサく見えている。
七海と付き合い始めてからは、
陽キャの仲間入りこそしないが明るい印象に。
かもえないあゆむ
神恵内 歩
七海の友人のギャルの一人。
近所に住んでいる12歳ほど年上の幼馴染みが
彼氏であり、お兄ちゃんと呼んでいる。
ゆるふわ系のマスコットのような存在であり、
何してもだいたい許される、愛され系ギャル。
人懐っこいので勘違いする男子も多数いる。

おとふけはつみ
音更 初美
七海の友人のギャルの一人。
義理の兄の影響で格闘技をやっており、
その義理の兄が彼氏だという
漫画のような恋愛をしている。
七海のボディガードのようなことも
しており割と過保護。
基本的に目つきが悪いので
怖がられているがそのぶんファンも多い。
ばらとななみ
茨戸 七海
クラス内カーストトップの清楚系ギャル。
学校ではギャルとして
目立っているが実は男子が苦手。
陽信と付き合い始めてからは
チョロインと化し、バカップルになる。

そこにいるのは学校とは全く違う……
学校の時とは正反対ともいえる格好をした……
七海さんだった。
「私、ギャル系のファッションも好きだけど、
実はこういう格好も好きでさ……。
二人と遊ぶときはわりかしこうなんだけど……
えっと……がっかりしちゃったかな？」

陰キャの僕に罰ゲームで告白してきたはずのギャルが、どう見ても僕にベタ惚れです 1

結石

HJ文庫
973

口絵・本文イラスト　かがちさく

Contents

プロローグ　無関係の僕等

その日もいつも通り、何事もなく一日が始まり、何事もなく一日が終わる。そんな日のはずだった。

「なぁ、カラオケ行かねー？　久々に歌いてーわ」

「ええ？　まだ月曜だよ？」

「いーじゃん、憂鬱な月曜日を吹き飛ばす、俺の美声を聞かせてやるよ！」

スクールカーストと言われるものの上位に属するような陽キャ達が、仲の良い男女に声をかけている。僕は帰り支度をしながら、嫌でも耳に入るその声を聞いていた。

「なぁ、おめーらも来いよー。久々にアニソンでも聞かせてくれや」

彼等はそんな風にクラス内のオタクグループ……僕と似て非なる男子達にも声をかける。声をかけられた男子達は、なんだか大仰に振舞ってその誘いを快諾していた。

僕のクラスには幸いにして、いじめという類のものは存在しない。少なくとも僕は知らない。

　仲の良いグループは分かれているし、発言権や立場の強さはどうしてもあるけれども、基本的には割とそれぞれのグループの仲は良好だと思う。

　唯一の例外は、きっと僕だけだ。

　僕は特定のグループには属していないし、基本的にはクラスメイトとは二言三言話す程度で、特別仲の良い友達というのはいない。

　今もみんな僕には気づいていない様子で、カラオケの予定を話し合っている。

「なぁ、七海ー。お前等も来るだろー？　三人が来ないと盛り上がんねーよ」

　そんな中、男子の一人が意を決したようにクラス内でもひときわ目立つ三人に声をかけた。緊張してるのか、少しだけ声が上ずっている。

「あー、今回はウチ等はパース。これから七海とウチ等は用事あるから。皆で楽しんできてよー」

　男子生徒の決意空しく、その答えはつれないものだ。黒髪の女子生徒が一度だけ振り返ると、手をひらひらと動かして即座に断る。

「なんだよー、いーじゃねーかよー。皆でカラオケの方が楽し……」

「あんましつこいと……」

黒髪の女子生徒は迫力のある笑顔を男子に向けると、声をかけた男子はすごすごと引き下がる。

「わ、分かった分かった。今回は三人は参加しないのね、了解」

引き下がった男子の言葉に、その女子生徒は満足そうに頷いた。その後ろでは、七海と呼ばれた女子生徒が少しだけホッとした様子に見えたんだけど、気のせいかな？

三人とも男子慣れしてそうな、いかにもギャルといった露出の多い風体の女子達だ。きっと僕の気のせいだろう。えっと、彼女の名前は……七海だっけ？　よく覚えてないけど、なんだか聞いたことがある名前だ。

まぁ、僕には関係ないことかと、そのまま教室を後にする。

教室からはどこのカラオケが良いかとかそんな話が聞こえてくるけど、僕の頭の中は帰宅してからのソシャゲの事でいっぱいだった。

これはクラス内に友達がいるか、クラス外に友達がいるかの違いだけだ。僕はオンラインでつながったゲーム内の友人達とゲームをする。それを優先している。ただそれだけ。

だからカラオケに行くクラスメイト達の事も、用事があるというギャル達の事もすぐに頭の中からは消えていく。

彼等と僕は無関係で、そして今後も深く関わることはない人達だと思っていた。特にあの目を引くギャル三人は、きっと僕に興味すら持っていないだろう。

この日までは、そう思っていた。

僕は想像もしていなかった。
まさか無関係だと思っていた彼女達……いや、彼女だ。彼女ととても深く関係していき、様々なことが変わっていくことになるなんて、思ってもいなかった。
それが良いことなのか悪いことなのか、この時点の僕は何も知らない。

第一章　罰ゲームの告白

クラスメイトのほとんどはカラオケに行き、だれも居なくなった教室内に女生徒達の声が響く。

「はーい、七海の負けねー。罰ゲームは七海にけってーい」

「ばっつゲーム!!　ばっつゲーム!!　やったー、私じゃなくてよかったー」

「げぇ～、私～?」

クラスのカースト上位、陽キャの権化、見た目はすこぶる良く、美人で可愛いと既に人生勝ち組に属するであろうギャル系女子達が、わざわざ放課後に教室でトランプゲームに興じていた。

別に金を賭けているわけでもなさそうで、単純に何か罰ゲームを設定して遊んでいるようだった。見た目の派手さと裏腹に、その辺りは健全なんだと僕は感心する。

僕……簾舞　陽信は、たまたまその場面に出くわしていただけの彼女達のクラスメイトだ。彼女達と直接の接点はない。

別に盗み聞きするために教室に戻ってきたわけじゃなく、たまたま忘れ物を取りに来て教室内に残っている彼女達に出くわしたのだが……普段から陰キャで、影の薄い僕は彼女達に気付かれていなかった。

名前に陽と入っているのに陰キャとは、名前負けも良いところだ。別に気にしていないけど。

それにしてもカラオケに行かない用事が何かと思ったら罰ゲーム有りのトランプとは、なんとも健全というか。だったらカラオケの得点を罰ゲームにしてもよかったんじゃないだろうか？

まぁ、僕には関係ないか。とりあえず忘れ物を持って帰ろう。大したものじゃなくて、筆箱を忘れただけだけど。

机の中にあったそれを取り、鞄に入れそのまま僕は教室を出ようとする。やっぱり彼女達は僕に気付いていないまま話を続けている。

僕の席は後ろだし、教室のドアも開きっぱなしだったから音もしなかったからね。でも、彼女達の大声を考えると、たとえドアが閉まっていたとしても開く音はかき消されてたかな？

「んじゃ、罰ゲームの内容だけど――……告白にしよう!!　明日の放課後に、普段接点のない男子に告白！」

「おー、良いねぇそれ！　罰ゲームの告白、定番じゃーん！」

「えー……？　罰ゲームの告白～……？」

罰ゲームを宣告された彼女、名前は確か七海……そうだ、確か茨戸七海さんだっけ。

茨戸さんは嫌そうな口調で返答して、やたら短いスカートだというのに机の上で胡坐をかく。

おそらく正面からであれば、彼女のその秘密の部分が丸見えだろう。思わず正面に回り込みたくなるのを僕はぐっとこらえる。

陰キャだって、性欲はあるのだからそう思うのは仕方ない。やれないけど。

「罰ゲームの告白なんて人の気持ちを玩ぶ行為、最低じゃん！　告白ってのはもっとこう真剣に……！　自分が好きになった人相手じゃないと……！」

「ずーっとそれ言い続けてるけど、アンタだけだよ？　ウチ等の中で彼氏いないの」

茨戸さん、彼氏いなかったのか。てっきり三人とも彼氏持ちかと。

それにしても、てっきりギャルだからノリノリで罰ゲームの告白に乗るのかと思ったら意外と常識人だ、もっともなことを言っている。

「そうそう、ウチ等の中で一番可愛いくて、告白されまくってるくせに、全部断ってるでしょ？」

「うっ……だって……男の人ってちょっと怖いし……私の身体ばっかり見ながら告白されても……」

　男の人、怖いと思ってたのか。これまた意外だ。もしかして、さっき見たホッとした表情は気のせいじゃなかったのかな？

　茨戸さんは他の二人の友人……この二人の名前は忘れてしまった……に心配するような口調で言われて、言葉に詰まっている。

　いや、そこで答えに詰まらないでよ、君が正しいよ茨戸さん。負けないで、頑張って。彼女の事を少し見直した僕は、心の中だけで応援する。あくまで心の中だけで口には出さないけど。

「全然、男慣れしてないからねー七海は。だからね、とりあえず無害そうな男子に告白して、最低でも一ヶ月は付き合い続けること！　それが罰ゲームね」

「え～……？　一ヶ月も～……？」

「きっかけは何でもいいのよ。まずは男子に慣れないと。心配なのよウチ達……このままだと、変なやつに襲われないかって。気が気じゃないの」

　一応、彼女達なりに茨戸さんを心配しているようだった。なんか方向性は違ってる気もするけど。

というか僕、普通に盗み聞きしてしまってる。ちょっと茨戸さんがどんな結論を出すのか気になってしまい帰るに帰れないのだ。幸い、まだ気づかれてはいないけど。どうしようか？

「そうね、まずは草食系か絶食系で、二人きりになっても突然襲ってこなさそうなやつが良いわね」

「基本は罰ゲームだから無理に付き合い続ける必要はないけど、別にそのまま付き合い続けちゃったっていいんだよ？　別れたとしても罰ゲームだって知らなかったら相手もそこまでは傷つかないでしょ？　むしろ、七海に告白されて一ヶ月とは言え付き合えるんだから絶対喜ぶよ！　ウチ達も罰ゲームだってことは絶対に言わない‼」

友達二人はノリノリで七海さんを焚きつけている。

確かに相手に罰ゲームだと知られずに一ヶ月も付き合い続けられるのであれば、心の傷を負うことはまずないだろう。むしろ、ご褒美かもしれない。

ただ、彼女達は気づいているのだろうか？　茨戸さんに告白を受けた側が、男達からどんな目で見られるかを。

茨戸七海。

聞き覚えがある名前だと思って記憶を引っ張り出したら、僕は彼女の逸話を思い出した。
その名前は数々のイケメン達を撃沈……轟沈……爆沈してきたという伝説を持つ女性の名前だ。

こんな僕でも知ってるくらいには有名な話で、彼女と付き合うということは、そのイケメン達からの嫉妬やら羨望やら、様々な感情が混じった目で見られることは間違いない。

仮にその相手が僕だったら、きっと耐えられないだろうな。

たぶん、胃に穴が開きすぎてハチの巣になり、汗の代わりに消化液が身体中から吹き出すだろう。そして最終的には溶けてなくなる。

冗談だけどそれくらいハードルが高いということだ。

その天国と地獄を同時に味わう、ある意味で羨ましく、ご愁傷様としか言えない男が誰か知らないが……まぁ、僕には関係ない話だな。

せいぜい僕の知らないところで頑張ってもらおう。

罰ゲームの告白も、一ヶ月のお付き合いも。盗み聞きしてしまったけど、それが罰ゲームの告白であることは僕も心に秘めようじゃないか。

そう決意し、盗み聞きをやめ颯爽と誰にも気づかれずに帰ろうとしたところで、僕は彼女達の言葉を聞いて固まった。

「んじゃ、明日……一番クラスで大人しそうな、簾舞陽信に告白ね‼」

気のせいだろうか。聞き覚えのある名前が聞こえた気がする。

「簾舞かぁ……確かに彼なら……うん……いいよ……やってみる……！」

そうかぁ、羨ましくも哀れなその男子は簾舞陽信というのか。聞き覚えのある名前だな。

うん、とても身近で親しみやすい名前だ。きっと僕と気が合うだろう。

……いや、同姓同名の他人ってこのクラス、それどころか学校内にいましたっけ？　いないよね。うん、現実逃避してる場合じゃないよね。

あの……僕ここにいるんですけど？　ばっちり話を全部、聞いちゃったんですけど？

え？　明日僕、罰ゲームで告白されるの？　茨戸さんに？

……心の準備しておかなきゃダメかな？

「……でもさ……告白って……どうすればいいのかな？」

「ん？　……別に校舎裏に呼び出して好きって言えば一発じゃない？」

「少女漫画みたいだね～？　七海頑張れー♪」

「……ちなみに二人は彼氏にどんな告白したのさ？」

僕はその後、告白についての話し合いを始めた三人に気づかれないまま、静かに帰宅した。頭の中には聞いた内容がグルグルと回り、僕らしくもなく落ち着かない気持ちになる。

幸い、家にはまだ誰も帰宅しておらず、動揺している僕を見られることはなかった。

「……ていう事があったんですよ、『男爵』さん。僕どうしたらいいですかね？」

『はっはっは、罰ゲームで告白か。良いじゃないの、高校生らしくて。若気の至りってやつだね』

僕は帰宅してからスマホのゲーム用チャットアプリで、とあるソシャゲで一緒のチームに所属している『男爵』さんに今日あったことを相談していた。

今日からチーム戦で、その大事な予選の真っ最中だというのに僕は個人的なことをチャットで相談する。申し訳ないことではあるが、彼は快く僕の相談を受け入れてくれた。

学校で友達と言える人間がほとんどいない僕でも、ネット上では相談できる人はたくさんいる。

今の時代、友達を学校という枠だけに収める必要性はどこにもない。ネット上でも友達は友達で、僕は友達を学校に求めなかっただけだ。

ちなみに僕はスマホでチャットをして、パソコンでソシャゲをするというやり方だ。どうもボイスチャットは苦手で、楽なやり方で遊ばせてもらっている。

「笑い事じゃないですよバロンさん……罰ゲームで告白される身にもなってみてくださいよ……」

『他人事だし笑い事だよ……。しかし、良く気づかれなかったね？　大人しい男の子って認識されてるくらいだから、そこまで影が薄いわけじゃなさそうだね。ちょっと安心したよ』

確かにそれは僕も意外だった。

実は罰ゲームの告白云々よりも、あの三人が僕の名前を知っているという事実が今日一番の驚きだ。てっきり、顔も名前も知られていないと思っていたのだから。

たぶん、僕が教室にいることはあの三人は終始気づいていなかった。だからこそ、こっそりと教室を出ることは成功したのだけど。

おそらく明日、僕は罰ゲームの告白をされるのだろう。

「僕はどうしたらいいでしょうか、バロンさん……。罰ゲームの告白なんて」

『いや、別に良いじゃない。そのまま付き合っちゃいなよ。君、彼女いないでしょ？　その相手が男の子に慣れるチャンスであると同時に、君が女の子に慣れるチャンスだと思ってさ』


気楽に言ってくれるバロンさんのチャット内容に、僕はため息をつかざるを得なかった。その選択ができればどれだけ気楽か……。

『私は反対です！　そんな人の心を玩ぶような真似……断っちゃってくださいよ「キャニオン」さん！』

「怒ってくれるのはありがたいけど、簡単に言わないでくださいよ『ピーチ』さん……」

キャニオンというのは、僕のゲーム内でのキャラ名だ。そして、異論を挟んできたのは僕と結構仲の良い『ピーチ』さんという同じチームの女性プレイヤーだ。

いや、バロンさんもピーチさんも会ったことがないので性別は分からないんだけど、おそらくピーチさんは女性だろう。

『何でですか？　別に、告白されるだけなんだから断っちゃえばいいんですよ』

『まぁまぁ、落ち着いてピーチちゃん』

バロンさんはピーチさんを宥めてくれている。今、このチャット内には僕ら三人だけで、他の人たちは必死になって予選を戦っている真っ最中なので、僕等の会話に入ってくることはなかった。

チームの全体チャットなので、後から見られるだろうなぁ。その時を考えるとちょっと憂鬱だけど、とりあえず今は僕等三人だけだ。

ピーチさんは告白を断ればいいと言っていたが、そう簡単にはいかない話だ。それこそ陰キャの僕が彼女の告白を断ったとなったら、どれだけの人を敵に回すのか。

いや、罰ゲームだから非は向こうにあるけど、それは当事者にしか分からないことだし、何より茨戸さんの方が有利だろう。立場的な意味でも。

受けるも地獄、断るも地獄……。だから僕はバロンさんに相談したのだけど。

『キャニオンくん、君は今、受けるも断るもどっちも地獄だって考えてないかい？』

僕の考えを見透かしたようなバロンさんの発言に、心臓が大きく鼓動する。文字だけのチャットアプリなのに、この人はなんで僕の考えが分かるんだろうか。いや、だからこそ僕は彼に相談したわけなのだが。

『だったら告白を受けちゃおうよ。きっとそっちの方が、双方にメリットが大きいと思うんだ』

「メリットって……」

『だって、受け入れても断ってもどっちにしろ好奇の視線や、非難の視線に晒されるのは間違いないさ、彼女、モテるんだろう？』

「そうですね、凄くモテてると聞いてます」

茨戸さんはすごくモテるらしい。これも思い出したばかりの話だけど。

明るく可愛らしい性格をしており、クラスメイトには誰にでも分け隔てなく接することから『あれ、もしかして俺の事、好きなんじゃね？』と勘違いする男子が日々量産されているとか。

ファッションは何というか、いわゆるギャル系だ。制服姿しか見たことないけど、制服を可能な限り可愛らしく着こなしており、スカートなんてパンツが見えそうで見えないギリギリのラインを攻めていて、かなり短くしている。

シャツのボタンも開けていて、その高校生離れした双丘の谷間を惜しげもなく晒している……そんな彼女だから遊んでそうな印象を僕は持っていたのだが……。

（男慣れしていないってのは、意外だったなー……）

慣れていないから、運動部の主将等のイケメンや、ちょっと悪いヤンキー系のイケメンや、勉強のできる真面目系イケメン等、多種多様なイケメンに告白されまくっても、その全てを断っていたのか。

てっきり男なんてより取り見取り、むしろ選び放題の立場だと思っていた。男性に慣れていないから……告白した誰にもチャンスはなかったというわけだ。

人は見かけによらない。反省しなきゃな。

そして、そのギャップが可愛らしく感じてしまっているあたり、僕もたいがいチョロいのだが……そんな彼女から、罰ゲームとはいえ告白されるのは予想外にもほどがある。

『モテる彼女をフッた男より、モテる彼女から告白されて一ヶ月後にフラれた男の方がまだ印象は良いはずだよ。それに……君はこれをチャンスと考えるべきだ』

「チャンス……ですか……？」

チャンスとは、先ほど言っていた女性に慣れるチャンスということだろうか？　でもバロンさんの言うチャンスはそう言う意味ではなかった。

『彼女の告白を受け入れた場合、最低でも一ヶ月はお付き合いを続けるんだろう？　だったらその一ヶ月の間に……君は彼女にメロメロに好きになってもらうよう努力するんだ』

『バロンさん⁉　何言ってるんですか⁉』

「へ？」

ピーチさんは驚き、僕は間の抜けた声を思わず漏らす。

『あ、メロメロって言い方はちょっと古いかな？　おじさん丸出しにしちゃったかな？』

驚いてるのはそこじゃないですバロンさん。

僕は予想外の言葉にチャットの手が止まる。ピーチさんも驚いて、その後の言葉を続けられないでいた。

『いいかい、君には大きなアドバンテージがあるんだ。それは君が「この告白が罰ゲームである」と知っていることだ』

「はぁ……知ってますけど。それがアドバンテージになるんですか？」

『大いにあるさ、これがもしも知らなかったらだよ？　君は彼女が自分の事を好きだったんだと思って舞い上がるだろう？』

確かにその通りだ。

陰キャとは言え……いや、だからこそ学校の上位カーストに位置する人に「選ばれた」という優越感は、きっと僕の内面に大きな変化をもたらしたことだろう。

「まぁ……確かに舞い上がりますね。選ばれたことに優越感を感じて、調子に乗るかもしれません」

友達もいないくせに舞い上がる姿は、さぞ滑稽だろうな。

『それじゃあきっと、一ヶ月後に待っているのは彼女からの別れ話だよ。でも君は、罰ゲームだと知っているからこそ……冷静にその事を受け止められている』

冷静……これを冷静と言うのだろうか？　冷静になれていないからバロンさんに相談しているんだけど。

そんな僕の心情に構わず、バロンさんはチャットを続けていた。

『一ヶ月間努力して、彼女に好きになってもらってから、君から意趣返しとして別れ話をするもよし、そのままお付き合いをするもよしだ。一ヶ月後どうするか、選択は君に任せるけど……。僕としては、そのままお付き合いを続けた方が楽しい高校生活をきっと送れると思うよ』

「……バロンさん、もしかして楽しんでません？」

『そりゃあ、楽しんでるよ。あ、ちゃんと報告してね。現役高校生の青春話なんて、良い娯楽だよ』

僕はちょっとだけ相談したことを後悔したが、バロンさんの考えを聞けば聞くほどに告白は受け入れた方が良さそうだという考えにはなってきた。

もしかしたら、僕は思考を誘導されているのかもしれないけど、僕はバロンさんのアドバイスを受け入れ、改めて覚悟を決めた。

そして、罰ゲームでの告白を受け入れるという結論を出す。

『あ、でもちゃんと高校生らしくね。男の人に慣れてない彼女なんだから、いきなり身体を求めちゃダメだよ』

「しませんよそんな事！」

陰キャにそんな度胸があると思うな!!　だいたい、僕が選ばれたのはそういう度胸がないからだ。前提が破綻してしまう。

それから僕は、告白を受ける時の注意点やアドバイスをバロンさんから受けながらゲームを続けた。最後までピーチさんは反対していたが……最後には諦めたのか、チャットに書き込むことがなくなっていた。

怒らせちゃったかな？　心配してくれてるみたいだし、今度ちゃんと謝らないと。

ちなみに、チーム戦の予選は無事に勝ち進むことができ、その後チャットログから他のチームメイトに色々と揶揄されることになるのだが……それはまた別の話だ。

その日は翌日に告白されるという緊張感からか、なかなか僕は寝付けずにいた。学校でもどこかぼんやりとして、まだほとんど人のいない教室は静かでそのまま寝てしまいそうになる。

そんな早朝の教室で、ぼんやりしている僕に不意に声がかけられる。

声の方向を向くと、そこにはスカートから見える太腿が……いかんいかん、彼女の顔を見ないと。

「ねぇ、簾舞……。今日の放課後、時間もらえる？」

声の主は予想通り茨戸さんだ。少しふんわりとした長い茶色の髪が揺れ、声がわずかに震えていた。

「あぁ、うん。茨戸さん、大丈夫だよ」

「ありがと。んじゃ、放課後ね」

早朝のまだ生徒がほとんどいない教室で、僕は茨戸さんにそれだけを告げられる。素っ気なく、だけどどこか緊張している様子に見えたのは事情を僕が知っているからだろうか。

僕にそれだけを告げた彼女は、さっさと友達二人の所に戻って行く。遅刻が嫌なので僕は割と早く教室に来るのだけど、今日は彼女達も同じくらい早く登校していた。

もしかしたら、騒ぎにならないように早朝を選んだのかもしれない。

友達二人は不自然なほどに僕に視線を送るということはなく、茨戸さんの背中をさすったり、「がんばった、七海がんばったよ……！」という彼女を励ましている声が聞こえてきた。

事情を知らなければ少し勘違いしてしまいそうな光景だな。

まるで僕に声をかけるのに勇気を出したように見える。実際には、彼女は男子が苦手なのだから誰にでも緊張するのだろう。

それから、僕と彼女の接点は放課後まで一切なかった。

僕は基本的に一人だったり、クラスメイトと二言三言話す程度。彼女は彼女で友達やクラスの陽キャ達と一緒にいた。放課後のことは全く話題に出さない。

だけど、完全に意識しないのはさすがに無理で、時々僕は彼女をチラチラと見てしまっていた。それは彼女もそうなのか、僕と彼女の視線が合うタイミングが時々あった。

そのたびに彼女は、慌てて頬を染めて顔を逸らすのだが……これ、罰ゲームだって知らなかったら勘違いしてたかもね。

彼女はきっと緊張しているんだろう。僕も緊張しているが、昨日バロンさんから色々とアドバイスを受けたおかげなのか幾分か冷静になれていた。

そして、あっという間に放課後になり、運命の時間が訪れる。

「簾舞、お待たせ。じゃあちょっとさ、一緒に来てくれるかな?」

誰もいなくなった放課後の教室に、僕と茨戸さんの二人だけになる。

彼女の友達もここにはいない。罰ゲームだというからてっきりここで告白するのかと思いきや、どうやら場所を変えるようだ。

お互いに言葉はなく、僕はただ黙って彼女の少し後を付いて行った。

……いかん、冷静になっていたはずなのに一歩進むたびに徐々に緊張してくる。

あと、彼女が歩くたびにお尻を振るから短いスカートが揺れて視線がそっちに……。ダメだ……いけない！　昨日、バロンさんに言われたことを思い出せ。

『いいかい、女性ってのは男性が思っている以上に視線に敏感だ。告白を受ける時だけど、ちゃんと彼女の目だけを真っ直ぐに見るんだよ。間違っても胸の谷間とか、足とか……そういうところに視線を泳がせちゃダメだよ』

うん、冷静に……冷静にだ。視線は真っ直ぐ、真っ直ぐだ。バロンさんのアドバイスを思い出すと冷静になれてきた気がする。

そして歩き続けて辿り着いたのは校舎裏だ。外に出られないよう周囲には壁があり、人の気配もなく、誰にも見られる危険性のない場所。

その代わり、人気がないから誰にも気づかれないという意味では危険だし、廃材などが雑多に置かれていて、物理的にも危険性は高そうだ。

「よしっ……ここでいいかな……！」

彼女はそれだけを呟くと、立ち止まり僕の方へと向き直る。回転の勢いでスカートがふわりと舞い、その姿に僕は思わず見惚れてしまう。

その仕草だけで僕の心臓は跳ね上がるが、あくまでも冷静にだ。これは罰ゲームの告白だ、勘違いするな。でも、そうだと分かっていても、このシチュエーションにはドキドキしてしまう。

「簾舞、来てくれてありがとね。えっと……ちょっと言いたいことがあってさ……私の言いたいこと……分かる……かな？」

彼女は僕とだいぶ距離を取ってから話を始めた。

その距離は警戒されている距離なのか……彼女が男性に慣れていないということの表れなのかは分からないが……僕は黙って彼女の言葉を最後まで聞いてから返答する。

「ごめん、えーっと……茨戸さんとは普段話さないしさ、なんで僕が呼ばれたかちょっと分からないんだよね……。お金とかなら僕、あんまり持ってないよ？」

「カツアゲとかそういう話じゃないよ！」

僕は何も知らない体で、冗談を交えつつ呼び出された内容について心当たりはないと惚ける。

とりあえず、上手くはぐらかせているかは分からなかったが、彼女からのツッコミを聞く限りは大丈夫そうだ。

「えっと……えっとね……あの……私……私ね……私……」

彼女は言葉をつっかえつっかえで中々本題に入らない。その姿は、本当に今から勇気を出して告白をする女の子そのものだ。とても罰ゲームの告白とは思えない。

嘘だと分かっててもドキドキしているが……僕は彼女の顔を真正面から見て、視線を彼女の目から外すことはしない。

ただ、意識しようとすればするほど視線は泳ぎそうになる。

思い出せ、確かバロンさんはこんなときは下を見るのではなく少し上を見ると良いと教えてくれた。

下だと彼女の身体を見ているようだし、上ならそうは見られないって話だっけ……。上の方……上の方だ。

昨日のアドバイス通りに僕は視線を少し上にあげる。

だから……僕がそれを見られたのはアドバイスのおかげであり、偶然だった。

「私……簾舞の事が……す……す……す……す……好き……なんだよね、だからさ……付き合って……くれない……かな……」

それを見た僕は彼女の言葉を聞き終えるよりも早く、彼女に向かって駆けだしていた。

家にいる時はゲームをするか、動画を見ながら筋トレするかしかしてない僕だ……この距離程度なら間に合うはず!!

筋トレで脚が早くなるとか聞いたことないし、実際に走ったこともないけど、間に合うはずだ。根拠はなくても自分を信じろ！　間に合わせろ!!

僕が偶然見たのは、校舎の窓が開かれそこから覗く大きなバケツだ。掃除用に学校に常備されているバケツ。それが窓から顔を出している。

それを見た瞬間に思い出した、ここはたまに生徒が掃除後の汚水を捨てにいくのを面倒くさがって、窓から中身を投げ捨てる場所だってことを。

そして今、そのバケツの下には茨戸さんがいる。このままだと彼女が汚水を被ってしまうだろう。

そう思った瞬間に、身体が思わず動いていた。

別に水を被ったからといって怪我をするわけじゃない。あくまでも汚水を被って濡れてしまうだけだ。

罰ゲームで告白しているのだから、人によってはそれくらいは当然の罰だと言うのかもしれない。

だけど僕は、そう思えなかった。罰ゲームの告白とは言えあそこまで顔を真っ赤にして、つっかえつっかえに言葉を紡ぐ彼女の姿を見て……。

それは演技なのかもしれない。だけど、男性に慣れていない彼女が、必死に勇気を出しているように見えた彼女が、このまま汚水を被るのは……なんだか僕が嫌だった。

「え？　キャアアアァァァァァァッ?!」

迫ってくる僕の姿に気づいた彼女は悲鳴を上げるが、僕は構わずに彼女の上に覆いかぶさる。良かった、間に合った！

僕が安堵した瞬間、僕の背中から全身に冷たい水が叩きつけられる。思ったより痛い!!冷たいし汚いし痛い!!　制服にしみ込んだ冷たい水が一気に体温を奪っていき、身体は冷えて震えてしまう。

くそっ！　掃除にこんな冷たい水を使うな！　もうちょっとぬるま湯にしろ!!　いや違う、そもそも窓から捨てるな!!

「え……？　え……？　え!?　何これ!?　水!?　なんで……?!」

目を閉じていた彼女はやっと現状を把握できたのか、僕の下で周囲を見渡している。

僕はそんな彼女を見て、地面は舗装されていないから、シャツの背中を汚してしまったかなとか、少し乱れた服が目に毒だなとか、そんな見当違いのことを考えていた。

それから、僕が何かを言うよりも早く……頭に重たい衝撃が走った。同時に僕は視界の端にバケツを捉える。

どうやら、茨戸さんの悲鳴に驚いた水を捨てた誰かが、バケツを落としてしまったようだ。しっかり持っててくれよ。

中には少し水が残っていて、バケツから零れた水が地面を濡らす……良かった、これが彼女に当たっていたら、怪我をしていたかもしれない。

僕は上から茨戸さんの顔を見ると、その頬に赤い点が付いていた。あれ、もしかして怪我を……？

「大丈夫？　茨戸さん……？　怪我してない？」

「私は……大丈夫……いや、簾舞こそ大丈夫なの?!」

「僕は大丈夫だよ、ちょっと身体が濡れて冷たいくらいで……怪我は……」

「怪我してんじゃん！　頭から血が出ちゃってる!!」

言われて僕は気づいたのだが、どうやら当たったバケツで頭を少し切ってしまったらしく、彼女の頬の赤い点は僕の血のようだった。

「あぁ、ごめん……血で汚しちゃうといけないから……今どくね……茨戸さんは……濡れてない？」

「私の事はどうでも良いよ！　簾舞こそ……!!」

僕が耳にできた言葉は、そこまでだった。

僕は茨戸さんから離(はな)れて立ち上がった瞬間に、そのままグラリと身体を大きく揺らす。思ったよりもバケツの衝撃が大きかったようで……まるで立ち眩(くら)みした時のような感覚が僕を襲い、そのまま僕の全身から力が抜けていく。

「簾舞！　簾舞?!」

意識を手放す直前、最後に僕が聞いたのは、心配そうに僕の名を叫(さけ)ぶ彼女の声だった。

「……あれ、ここは……保健室？」

目覚めると、見知らぬ天井(てんじょう)……ではなかった。そこは保健室の天井で、見たことのある天井だった。だから、場所を把握できたのだけど……。

なんで僕、保健室にいるんだろう？

えっと、確か……茨戸さんに呼び出されて……罰ゲームの告白を受けて……。

あぁ、そうだ。なんかバケツが落ちてきたんだっけ。

「簾舞⁉　良かった！　気がついた‼」

僕が思考していたところで、横から女の子の声が聞こえてきた。僕を呼び出した女の子の声……茨戸さんの声だ。あぁ、彼女が僕を保健室に運んでくれたのかな？

「あぁ、うん……茨戸さんが僕を保健室に運んでくれたの？　ありがとう……結構重かったでしょ僕？」

「良かった、気がついてくれた……良かったよぉ……うぅぅ……」

僕の言葉には返答せずに、彼女は涙を流しながら僕が起きたことを喜んでくれている。

心配させてしまったようで申し訳なくなると同時に、僕のような男が彼女に心配されているということが少し嬉しくなってしまう。

……まぁ、僕の事は良いや。茨戸さんが無事で良かった。とりあえず彼女はいつもの制服姿で、着替えた様子はなかった。

「えっと、茨戸さんは服が汚れたり怪我したりしてない？」

「うん……簾舞のおかげで私は平気だよ……って私の事は良いの！　簾舞は大丈夫なの⁈　血がいっぱい出てたし、汚れた水でばい菌入ったりしてない？　気分とか悪くない？」

そんなに血が出ていたのだろうか？　治療されたからか特に痛みはないし……頭からの出血は派手に見えるっていうからそのせいじゃないかな？

まぁ、少しこぶが痛いくらいか？　それでも大きな痛みもないし、気分も悪くない……身体を起き上がらせても大丈夫そうだ。

「僕は大丈夫だよ。でも良かった、茨戸さんに怪我がなくて」

ベッドの上で上半身を起こしながら僕は茨戸さんに笑顔を向けたのだが、彼女は僕から顔を逸らして真横を向いてしまった。

あれ？　何か怒らせてしまっただろうか？　別に怒る要素はなかったと思うんだけど。

彼女はどこか戸惑った様子で、顔を逸らしたまま口を開く。

「……あの……ちょっと……簾舞、寝ててもらえるかな？　その方がちょっと……私としては……嬉しいかな……」

彼女は顔を赤くしながらチラチラと横目で僕の方を見る。何か変だと思い、僕は自身の身体を見ると……僕は上半身には何も着ていなかったのだ。裸だ。裸で寝ていた。いや、下は穿いてるけど。

上半身だけとはいえ、初めて女子に裸を見られたことで僕の顔も見る見るうちに熱を帯びていく。

「ご……ごめん！　お見苦しいものを……!!」

慌てて僕は身体を布団で隠し、そのまま再び寝っ転がった。

「い……いや、えっと。意外と籠舞って筋肉あるんだね？　細マッチョってやつ……？　あっ……いや、じっくり見たわけじゃないからね?!」

友達と遊ぶことがあまりなく、家でソシャゲか筋トレしかしていなかったので割と僕の身体には筋肉がついている。

実用性は全くないと思っていたけど、今回はそれが初めて役に立ったと言えるかもしれない。

僕は初めて女性に裸を見られた恥ずかしさから、茨戸さんは身体を見てしまったことを白状した恥ずかしさから、お互いに黙りこくってしまう。

しばらく気まずい沈黙が流れるのだが、その沈黙を破ったのは保健室の先生だった。

「おやおや、お互いに真っ赤になってどうしたのかね？　まさか保健室を逢引場に使っていたとかじゃないだろうね？」

沈黙を破る先生の言葉に、僕も茨戸さんもますます顔を赤くさせてしまう。僕等が否定の言葉を発するよりも早く、先生は畳みかけるように言葉を続けた。

「ほら、男子生徒君、君の着替えを持ってきたよ。汚れてた制服はまとめといたので、クリーニングに出すか自分で手洗いしたまえ」

先生はどうやら着替えを持ってきてくれたようだった。

言いたいことはあるが、沈黙が破られてホッとした僕はその着替えを受け取り、同時に一時的に立ち去る茨戸さんを視界の端に捉える。

持ってきてくれた着替えは学校指定の制服だ。

聞くとこういう時の為に常備しているものだとか。一人だけ体操服で登下校するとか、授業を受けるとかせずにすみそうで助かった。

僕がその服に袖を通している間に、先生は事のあらましを教えてくれる。

どうやら僕は、倒れた後に茨戸さんが呼んでくれた男性教諭によって保健室に運ばれたようだった。

頭を打ったから下手に運べないし、自分だけでは無理だと判断した彼女は、脇目もふらずに職員室に飛び込んだそうだ。そして怪我をした男子生徒がいると助けを求めた。

結構冷静だね、茨戸さん。僕が逆の立場なら慌てて自分で運ぼうとしちゃうよ。

それと、誰が窓から汚水を捨てたのかは結局わからずじまいだそうだ。

学校内には監視カメラなんて物はないから個人を特定することなんて不可能だ。せいぜい、厳重注意が各クラスになされる程度で終わってしまうだろう。

まぁ、その辺はどうでもいいかな。

「女子生徒ちゃんに感謝しなよ。君が保健室に運ばれてからもずっと付きっきりで、君の事を見てたんだ。いいねぇ、若い子は。青春だね」

そんなことを言われると自然と頬が熱くなる。とりあえず僕はその言葉には反応せずに黙々と着替えをし続けることを選択した。

「あぁ、頭の怪我は大したことなかったけど、切れてた部分は治療しといたよ。気分は悪くない？　痛みが継続しているとか……ふらつくとか……少しでも違和感があったら、すぐに病院に行くことを勧めるよ」

着替え終わった僕は、頭部にガーゼが付けられていることに気がついた。だけどそれ以外には特に痛みも吐き気も、気分の悪さもない。意識もはっきりしているし……。たぶん、病院に行かなくても大丈夫だろう。

両親には帰ってから、怪我したことだけ伝えておこう。

「女子生徒ちゃん、彼氏君の着替えが終わったみたいだから来ていいよ。しかし君はあれだね、見た目に反して初心だねぇ。上半身程度で真っ赤になるとか」

僕の着替えが終わったタイミングで先生は茨戸さんを呼び、入れ替わるように出ていった。入ってきた茨戸さんの顔には、まだ赤みがさしていた。

いや、彼氏では……あれ、罰ゲームとは言え告白されたし、僕はそういう立場になるんだろうか？

「簾舞……大丈夫？」

「あぁ、うん。茨戸さん、大丈夫だよ。先生呼んでくれたんだってね、ありがとう。助かったよ」

「私の方こそ……ありがとね。……守ってくれて」

守る？

単にバケツとぶちまけられた水から庇っただけだし、そんなに大げさなものじゃないんだけど……。そう言われると、少し照れ臭いな。

僕たち二人の間に、妙な沈黙が流れる。えっと……こんな時は何を話せばいいんだっけ……バロンさんのアドバイスを思い出せ。

だめだ、告白の最中に怪我した場合の会話のアドバイスは流石になかった。なんかないのか、会話のとっかかりは?!

「……返事……」

「へ？」

僕が昨日のアドバイスを必死に思い出そうとして、こういう時の話はアドバイスに一切なかったことに思い至っていると、茨戸さんはぽつりと返事と呟いていた。

……返事？

「私さ、簾舞に告白……したんだよ……ね。……それでさ、その……返事が欲しいかなって……。えっと……うん……そう思うんだけど……覚えてる？」

茨戸さんはその茶色い髪の毛を指でくるくると巻きながら、僕からほんの少しだけ視線を外して小首を傾げていた。

頬がほんのりと朱色に染まっている。今日は僕も彼女も赤くなりっぱなしだ。

……あぁ、そうだ。僕は返事する前に彼女に駆け寄ったから、その事を何も言ってなかったんだ。

返事については申し出を受けるということを前提に考えていたからすっかり忘れていた。頭を打ったから一時的に混乱していたのだろう。

茨戸さんは不安そうにもじもじとしている。

見た目は派手なギャル系だというのに、その姿はまるで清楚な女の子のようだ。もしかして、こっちが素なのだろうか？

　えっと……確かバロンさんが言ってたっけ。返事をする時は相手の目を真っ直ぐに見て……彼女の目を……目を見る……。少し照れ臭い……勇気を出せ、僕。

「うん。なんで僕なのか分からないけど、僕なんかで良ければ……これからよろしくね、茨戸さん」

　僕の返事に、不安気だった彼女の顔が一転して笑顔になる。

　こういうのを、華のような笑顔と言うのだろうか。いや、まるでこれは大輪の華だ。演技なのかもしれないが、この笑顔が見られただけでも僕は果報者だと思える。

　こうやって笑顔を向けられると、勘違いしてしまうけど。これは罰ゲームなんだから、注意しないと。

　しばらく嬉しそうな笑顔を浮かべていた彼女だけど、その笑顔を急に陰らせる。そして、ほんの少しだけ頬を膨らませた後に……また小さく呟いた。

「七海……」

「え？」

　それは彼女の名前だ。うん、知ってるけど、なんで彼女は自分の名前を呟いたのだろうか。疑問に思う間もなく、答えはすぐに返ってきた。

「これから付き合うんだしさー……七海って呼んでよ。……私も簾舞の事名前で、陽信って呼ぶからさ」

上目遣いでそんな可愛いことを言われたら、男なら絶対に従うだろうという仕草だ。非常にあざといと言うか、反則的な可愛さである。

正直な話、女子を名前で呼ぶのは抵抗がある。

あっさりと呼べる陽キャが僕とは違う生き物なんだとずっと思っていた。

だけど、これから僕はそれを口にする。心配なのは、上手く言えるだろうかという点だ。

「えっと……うん……わかったよ。よろしくね、な……七海……さん」

言えた。

凄い頑張って、何とか言えた。そして言ってからなんだけど、これはとんでもなく照れ臭いな。体中がムズムズしてしまう。うわ、慣れるんだろうかこれは。

「……うん、よろしくね陽信」

彼女は再び華のような笑顔を僕に向けてくれる。うん、この笑顔を見ると頑張ろうって思えてくる。名前呼び、頑張ろう。

僕は彼女に右手を差し出す。これはバロンさんからのアドバイスにはなかったものなのだけど、なんとなく僕は右手を出して握手を求めることにした。

彼女は少しだけ躊躇いがちだったけど、僕の手を握り返してくれる。生まれて初めて触

る女の子の手は柔らかく温かく……とても小さかった。

「なんだいなんだい、まだ彼氏彼女じゃなかったのかい。いやー、いーもん見たわー。青春だねー。おめでとう、男子生徒君、女子生徒ちゃんー。あ、だけど高校生らしいお付き合いを心がけなよ？　やるときは絶対に避妊することね？」

いつの間にか覗き込んできた保健室の先生の言葉を聞いた僕等は、慌てて握手していた手を離す。

彼女の顔は真っ赤になっており、僕の顔も先生の言葉で赤くなってしまう。いきなり何言い出すんだこの先生は！

「先生……そこはそもそもやることを咎める場面なんじゃないですか？」

「逆だよ男子生徒君。高校生だからこそ正しい性教育をしておかなければならないんだよ、やるなと言えばやりたくなるのが思春期だろう？　ヤレばできちゃうんだから」

僕の抗議の声に涼しい顔で先生は答えてくる。

まぁ、一ヶ月限定の僕と彼女がそういうことになる可能性は限りなく低いが、大人からの忠告は素直に聞いておこう。バロンさんのアドバイス同様、これも心に留めておく。

それから、僕の様子を確認した先生から帰宅しても良いと言われたので、僕等は一緒に帰宅をした。

一緒に帰宅している最中、茨戸さん……いや、七海さんはなんだか口数が少なかった。僕もこういう時に何を話せばいいのかわからなかったので、どうしても互いに言葉は少なくなる。

僕が話しかけても七海さんはどこか上の空で、なんだか熱に浮かされているかのようにボーッとしていた。どうしたのだろうか？

バロンさんからこういう時の話題の作り方を聞いておけばよかったとちょっとだけ後悔する。

僕は女子と二人で帰宅なんて初めてで緊張している。そう考えると、もしかしたら七海さんも僕と同じで緊張しているのかもしれないとそこで思い至る。

それなら下手に話しかけない方が良いかと僕は沈黙してたんだけど、やがて七海さんが意を決したように口を開いた。

「ねぇ、連絡先……交換しようよ。電話とか、アプリとかさ。やってるアプリあるかな？」

「あ、うん。ほとんど使ったことないけど、入れてはいる」

「使ってないのに入れてるの？」

「ゲームの公式とか登録すると、アイテム貰えたり、情報が来るからさ」

スマホで口元を隠して、少しだけおかしそうに七海さんは笑った。僕はバカにされるかなとかそんな卑屈なことを考えてたんだけど、返ってきたのは意外な一言だった。

「じゃあ、私が第一号なんだー？　なんか嬉しいな、最初の登録が私って」

何その可愛い反応。ビックリなんだけど。

それから僕は、七海さんにやり方を聞きながら連絡先を交換する。僕のアプリ内には可愛らしいイルカのアイコンが表示され、その横には「ななみ」とひらがなで名前が書かれていた。

こんな可愛いアイコンが表示されるのは初めてだ。

それにしても、七海さんから連絡先交換を提案されたのは意外だったな。てっきり僕から言わないと交換してくれないか、なんだかんだではぐらかされて連絡先の交換はないものだと思っていたくらいだ。

そして交換も、罰ゲームなんだからもっと嫌々に交換するかと思っていたのに……交換した時の彼女が妙に嬉しそうに見えたのは、僕の気のせいだろうか？

女心は分からないなぁ。これが演技なら、彼女はすぐにでも女優として食っていける気がするよ。

それからは緊張も解れたのか、少しだけぎこちないながらも僕と七海さんは会話を続けた。本当に他愛のない話で、ちょっとだけ探り探りに。だけど、なんだかその会話を楽しく感じている自分に僕は驚く。

楽しい時間はあっという間とはよく言ったもので。僕と彼女の帰路が分かれる時が来た。

どうやら七海さんとは駅で別れてしまうようで、一緒に帰宅と言っても最後まで一緒とはいかなかった。

別れ際に僕は彼女に「また明日、七海さん」とだけ伝えると、彼女も笑顔を見せて「また明日、陽信」と手を振ってくれる。

僕の気のせいだろうけど、その時の彼女の表情は、笑顔なのになんだか妙に名残惜しそうに見えた。

駅で別れたのち、僕は一人で帰宅する。何故だろうか、七海さんの表情を見たせいか、いつも通りの一人での帰宅なのに妙に寂しく感じてしまう。

昨日までは、別に平気だったんだけどな。

そんなことを考えていると、家にはすぐについた。そこから先はいつも通り、両親が帰宅し、夕飯を取り、適当に着替えてゲームを起動する。

そこまでは、いつも通りのルーティーンともいえる流れだ。だけど、その日は一つだけ違うことがあった。

『それで、告白の結果はどうだったのかな？　さぁ、おじさんに包み隠さず教えてくれたまえよ、キャニオンくん』

落ち着いた頃、バロンさんがチャットに現れて最初の一言はそれだった。

文字だけでもうバロンさんが画面の向こうでニヤニヤとしているのが伝わってくる。いや、告白を受けるってのは貴方知っているでしょうが。

でもまぁ、アドバイスをもらった見返りとして報告をすることにはなったのだし……それに、これからのアドバイスもしてくれるというのだから、報告くらいは良いだろう。

「まぁ、予定通り告白は受けましたよ。まぁ、色々ありましたけど……」

『色々？　その色々の所を詳しく聞きたいなぁ……』

う……やっぱりそうなるよね。

とりあえず僕はゲームをしつつ、その辺りの詳細をチャットに書いていく。僕が彼女を助けた話から、一緒に帰った話までの詳細を。

でもさすがに、僕が上半身の裸を彼女に見られたことは伏せておいた。変なことを勘繰られても困るし。やましいことは何もないし。

そんな僕の報告を聞いて、バロンさんは楽しそうな返信を送ってきた。

『いやー、青春だねぇ。まさかそんなピンチから女性を助けるなんて、運命的だね。君はあれかな？　ヒーローか何かの資質を兼ね備えているのかな？』

いえ、単に筋トレとソシャゲが趣味の陰キャです。助けられたのもたまたまです。

「でも一緒に帰った時は困りましたよ。最初のうちは沈黙しちゃって……。共通の話題も分からないですし、どういう話をすればいいのかバロンさんに聞いておけば良かったですよ……」

『ふむ、そういう話題まで僕に頼るのは感心しないけど……。そうだね、そういう時は自分の事を話すんじゃなくて、彼女の話をまず聞いてあげるようにするのがいいんじゃないかな？』

「それが難しいから苦労しているんじゃないですか……」

聞いてあげると言っても、七海さんは口数が妙に少なかったし、最初のうちは僕が何を言ってもなんだか上の空だったのだ……その状態で何を聞きだせと言うのだろうか。

僕の趣味はソシャゲと筋トレだけだから、そんな話題を出しても彼女にはつまらないだろうし……途中の会話はなんだか探り探りのうちに駅についてしまった。

まぁ、その探り探りの会話も楽しかったけど。

『そうだね、まずは彼女の趣味の事を聞いて、彼女に興味があることをアピールしつつ、それから話題を膨らませていくんだ。間違ってもそこで、自分の事だけを喋るような真似をしちゃだめだよ』

僕の心境なんて知らずに、バロンさんは僕への忠告を続けてくれていた。

そうか、趣味を聞くか……考えてみたら、僕って彼女の事を何も知らないんだよね。罰ゲームで告白してきた女の子ってだけで、ほんとに何にも……。

バロンさんの言う通り、まずはそこから始めてみようかな。

「それにしても、バロンさんってそういうの詳しいですね。学生時代はモテたんじゃないんですか？」

『いや、全部ネットの受け売りだよ。学生時代にモテるなんてとんでもない。今の世の中は調べればいくらでも情報が出てくるから、便利だよねぇ』

感心した僕の心を返して欲しい。受け売りかよ。

まぁ、確かにそういう情報はネット上にも溢れてそうだけどさ……。これから僕も調べる様にしようかな？

『……私は上手くいくと思えませんけどね……傷つく前に、キャニオンさんは彼女と別れるべきですよ』

ピーチさんがほんのちょっとだけ書き込んできた。文字だけで何と言うか、怨嗟の念が伝わってくるような書き込みである。

彼女は僕の事を心配してくれているのだろう、一貫して七海さんとのことを反対してくる。その心遣いはありがたいが、流石に今すぐに僕から彼女に別れを切り出す気にはなれなかった。

あと、保身的な意味でも。七海さんをフッた男とか考えただけでも恐ろしい称号だ。

「まぁ、もう頭を物理的に切っちゃって傷はついたからさ、これ以上は傷つくことはないと思うよ」

『え……？　怪我したんですか？』

冗談めかした僕の言葉に、ピーチさんは反応する。僕はバケツをぶつけてほんの少し頭を切ったことと、倒れてしまったので保健室に彼女が運んでくれたことを追加で説明した。

『キャニオンくん、怪我までして彼女を助けたの？　それはさっき聞いてなかったよ。大丈夫なのかい？　頭は危険だから病院に行かないと……。ゲームなんてやってる場合じゃないでしょ』

『頭を……そんな……大丈夫なんですか？』

バロンさんとピーチさんがそれぞれ僕の心配をしてくれている。さっきの説明ではそこまで詳細は言わなかったから、バロンさんも少し慌てたようだった。

僕は気分も悪くないし、痛みも持続してないから大丈夫なことを伝えるが、二人とも僕に少しでもおかしいと感じたら絶対に病院に行くように強く念押ししてきた。

……うーん、平気だと思うんだけど、そう言われると不安になってきたな。両親が帰ってきたら、ちょっと相談してみようか。

それをバロンさん達に伝えると、彼等も渋々それを了承してくれた。本当に、これだけ心配してくれるなんてありがたい話だ。

『それじゃあ、告白も無事に受け入れてお付き合いが始まることだし……今週の目標を決めてみようか』

「今週の目標？」

いきなりバロンさんが変なことを言い出した。

目標とはなんだろうか？　と僕が疑問に感じていると、すぐさまその回答をチャット上に記載していく。

『君は今週中に、彼女と手を繋ぐことを目標としようじゃないか。付き合っている男女なんだから何もおかしいことじゃない。あ、無理強いはダメだよ？　あくまでも彼女から手を繋ぎたいって言ってもらえるように行動するんだ』

バロンさんから、いきなり高いハードルが提示された。女の子と手を繋ぐ……そんなことは今まで生きてきてやったことないぞ。

あ……でも……。

「今日、彼女とよろしくと握手しましたけど、それは手を繋いだことには……」

『ならないねぇ。恋人繋ぎはハードル高いから、手を繋いでの登下校を今週中に達成しようか』

やっぱりダメだったか。

そして、僕にとって十二分に高すぎるハードルが提示される。手を繋いで登下校って、きっと男子的には非常に憧れるシチュエーションだけど、そこまでの好感度をどうやって稼げばいいんだ？

僕には女の子の好感度を教えてくれる頼れる親友ポジションはいないのだ。現実世界の恋愛が困難だというのは数値化ができず、あったとしてもその数値が目に見えないから……何ポイント稼げば手を繋げるというのだろうか。

どうすればいいのか見当もつかない。

『難しく考えすぎだよ。そうだね、決行は今週の金曜日にしようか。それまでに君は彼女の好感度を稼ぐんだ。やり方は任せる』

金曜日って……今日が火曜日だからあと三日……いや、当日を除くと二日しかないじゃないですか。ムリゲーがすぎませんかそれ？

それに、そのやり方を教えてください。任せないでください。頼みます。

そうチャットに返そうとした瞬間に……僕のメッセージアプリにタイミングよく七海さんから連絡が入った。

確かに連絡先は交換したけど、まさか初日に彼女から連絡が来るとは思っていなかった僕は、心の準備ができていないままに反射的にそのメッセージをすぐさま表示してしまう。アプリに表示されたその内容を見て、僕は目を見開いた。

『私達付き合ってるんだしさ、明日から一緒に登校しようよ。駅で七時半に待ち合わせでいいかな？』

僕が見たことでメッセージには即座に既読の文字が付く。表示していなかったら既読は付かない状態でバロンさんに相談できたのにと、慌てた僕はバロンさんにこのことをすぐに報告した。

「バロンさん、大変です！　彼女から明日一緒に登校しようってメッセージが来ました、僕はどう返せばいいんでしょうか?!」

『何が大変なの?!　そんなの即座にOKに決まっているでしょうが！　ほら、早く返信するんだよ!!　そっけない感じじゃなくて、ちゃんと一緒に登校できて嬉しいって伝わる文にするんだよ!!　ほらほら、早く!!』

慌てる僕に対するバロンさんの返答は早かった。

嬉しさが伝わる文面？　それってどんなものだ?!　僕は生憎、作家じゃないんだ。嬉しさを文面で表すなんてできるか!!

既読となってから、僕はしばらく文面を考え込んでしまった。既読スルーと思われてたらどうしよう……。

いや違う。こういうのは変に捻ったらだめなんだ！　思いつかないなら、直球で行くしかない！　ままよ！

『七海さんと一緒に登校できるなんて嬉しいです。七時半ですね、了解しました。楽しみにしています』

書いといてなんだけど、凄く硬い文になってしまった気がするが、今の僕にはこれが精一杯だ。これ以上気の利いた文なんて書くことはできない。これが正直な気持ちだ。

どう思われるのか不安に思っていると、すぐにメッセージに既読が付いた。そして、七海さんは僕に対する返信も早かった。

『私も楽しみにしてるね』

返ってきたのはその一文だけだったのだが、なんだろうか。僕は頬がにやけるのを止められない。女の子に楽しみにしてるなんて言われるのは初めてなのだ……にやけても仕方ないだろう。

「バロンさん、明日七時半に駅で待ち合わせすることになりました。僕はどうすれば良いですかね？」

『……少しは自分で考えて欲しいけど……そうだね、七時半に待ち合わせなら、待ち合わせ場所には七時には着くように出発した方が良いだろうね』

ずいぶん早くないだろうか。そんな僕の疑問に答えるようにバロンさんが続ける。

『少し早いくらいがちょうどいいよ。遅刻をするより何倍もマシだ。遅刻をする……というのは一番やってはいけないことだよ。そのつもりがなくても相手を軽んじていると思われてしまうものだ。それに……』

「それに……？」

バロンさんはそこから一拍置いて、茶化すように続きを書いた。

『可愛い彼女とは少しでも早く会いたいだろう？』

可愛い彼女……と言われて僕は頬が熱くなるのを自覚した。

改めて言われると、一ヶ月の期間限定とはいえ、七海さんは僕の彼女なんだよな……。

自覚するとまた頬がにやけるのを止められなくなる。

『いいかい、キャニオンくん。君はこれから彼女に好きになってもらう必要があるんだ。だから……何よりも彼女を優先してあげなさい。あぁ、ゲームの方のイベントは気にしなくていいよ。チームに籍は置いておくし、まずは彼女との仲を深めるのに注力してくれ』

これまでの生活で、ソシャゲを何よりも優先してきた僕が、優先度をいきなり変えられるだろうか？

ゲームの方もイベント真っ最中だから続けたいし……何より、僕が抜けることでチームに迷惑をかけたくはないんだけど……。バロンさんにそう言われると、ありがたい半面、申し訳なくなってしまう。

『理想は彼女も一緒に趣味であるゲームを楽しんでくれることだけど……そこは置いておこう。まずは彼女との仲を深めるんだ。なぁに、大丈夫だよ。惚れた弱みって言うだろ。彼女が君の事を好きになれば、きっと一緒にやってくれるさ』

確かにそうだな……七海さんも僕と一緒にゲームをやってくれたらそれはそれで最高に楽しいだろうな。

少しだけその事を想像しようとするんだけど……ダメだ、僕の貧困な想像力じゃ、いまいちその場面が想像できないや。

それでもバロンさんの言う通り、明日はいつもよりも大分早めに出発した方が良さそうだ。

「わかりました。じゃあ僕は明日、早めに家を出たいと思います。だから、今日はもう寝ますね。おやすみなさい」

『うん、おやすみ。うまくいくことを願っているよ』

『気を付けてくださいね、キャニオンさん』

最後のピーチさんからの書き込みは、まだ僕の事を心配してくれているようだった。

バロンさんにも、ピーチさんにも本当に足を向けて寝れないな……。どこに住んでるか顔も知らないけど……。きっと、あっちの方角だろうと僕は勝手に考えて、明日一緒に登校する七海さんの事を考えながら眠ろうとした。

だけど……。

「明日は待ち合わせ……七海さんと待ち合わせ……一緒に登校……彼女と登校……彼女と……七海さんと……七海さんが僕の彼女……」

ベッドに寝転がった僕は、なかなかその事実を実感できないでいた。電気は消したのにスマホに来たメッセージをついつい繰り返し見てしまい……なかなか寝付くことができなかった。

これは、明日は確実に寝不足だろうな。

なんだか妙に興奮してしまって、いつもより一時間近くも寝付くのに時間がかかってしまったのは、我ながら単純だと実感させられた。

幕間　彼女の気持ち

私、茨戸七海は今日……生まれて初めて一人の男の子に告白した。

うちのクラスの中でも静かで、おとなしく、目立たなく、接点もなく、全く知らないと言っていい男の子。

でも、きっと優しい男の子である、簾舞陽信君に告白した。

別に彼の事が好きだから、告白したわけではない。


これは罰ゲームでの告白なのだ。


そう、罰ゲームだ。告白して、一ヶ月間お付き合いを続けるという罰ゲーム。ゲームに負けてしまった私がやることになった罰ゲーム。

最終的に私がやると決めてしまった、人の心を玩ぶ最低の行為……改めて、最低だと私は自覚してしまう。

おとなしい人であれば誰でもよかった。

こう言うとまるで通り魔のようであるが、事実、彼にしてみれば通り魔にあったようなものだろう。

言い訳になるが、この罰ゲームを考えたのは私ではない。

私の友人である音更初美と神恵内 歩の二人が考えたゲームだ。こんな言い訳に意味はないか。受け入れた時点で私も同罪だよね。

最初は人の心を玩ぶ行為だと渋ったのだが、結局……私はその罰ゲームを受け入れた。

私は見た目こそ派手に着飾っているし、露出の多い格好もしているけど、ちょっとした事情で男の人が苦手だ。

その格好自体も二人が私に施してくれた、いわば私の心を守る壁のようなもの。

やたらと薄着で壁も何もないけど、ともかく……私はあの格好をして、二人と一緒にいる時は男子ともなんとか普段通りに話せている。友達になれた人もいると思う。

だけど、それができるのは二人と一緒に居る時だけだ。男子と二人っきりにはいまだになれない。なれなかった。

だからこそ、二人はそんな私を心配しているのだ。

今は良いけど、将来私は大学に進学する気だし、初美は美容師の夢のため、歩もデザイナーになるためにそれぞれが専門学校へと行くことを考えて、日々勉強している。

私達は三人共、格好から馬鹿っぽく見られがちだが成績はそこまで悪くない。夢のためにも勉強は頑張っている。

この先、確実に私の進路は二人と別なものとなる。二人のいない私が……大学で変な男に引っかからないかを、二人とも非常に心配しているのだ。

それこそ、私の両親以上に私の事を心配している節がある。変な男には引っかかるなよと常日頃から言われているし。

だから今回の罰ゲームを提案したのだろう。私が少しでも男の子に慣れるために、これから先、困らないようにと。

二人が選んでくれた男の子も、この二人から見て安全そうな男子だと判断してのことだと思う。確かに、陽信君は話したことは全くないけど、いつも静かで一人だし、無害そうだと私も感じていたので……私は二人の後押しもあって告白することにしたのだ。

そして私は彼に今日、告白した。

最低だと思いつつも、自分が男の子に慣れるチャンスだと、利己的な理由で彼に告白した。……本当に最低だ。

でも、告白されることはあってもすることがなかった私は、罰ゲームの告白なのに非常に緊張してドキドキしていた。

前日はベッドの中で「明日は告白……明日は告白……」とずっと呟いてなかなか寝付けず、ちょっとだけ寝不足になってしまったくらいだ。

そんな緊張する告白だけど、私は自身の緊張よりも彼に驚かされた。

今まで私に告白してきた人達……バスケ部の主将は私の胸ばっかり見ていた、ちょっとヤンキーが入った人は私の脚ばっかり見ていた、眼鏡をかけた真面目そうな男子は私の二の腕ばっかり見ていた。

みんな、私に告白する時は私の顔ではなく私の身体のどこかを見て……何かを期待するような目つきを私に向けていた。

だけど彼は違った。

彼は私の目だけを真っ直ぐに見て……私の身体のどのパーツにも目もくれていなかったのだ。真剣に、私の目だけを見ていた。見てくれていた。

過去のどの人とも違うその反応に、私は緊張とは違う何かを感じる。

そして私が勇気を出して……罰ゲームなのに勇気も何もないが……告白を終えた瞬間に、彼は私に向かって駆け出していた。

そしてあっという間に私を地面に押し倒して、覆いかぶさってきた。

この時は予想外の行動にビックリして、え⁉　もしかして襲われちゃう⁉　と、されるがままになるだけだった。そしてちょっとだけ……失望していた。

結局彼も今までの男子と同じ……いや、それ以下なの？　私はここで無理矢理に乱暴されてしまうのかと……一気に怖くなって悲鳴を上げるが、足は動いてくれなかった。

私にできることは目を閉じて悲鳴を上げるくらいで、抵抗らしい抵抗もできなかった。

だけど、私はその認識が間違いだったとすぐに気づかされる。

私が押し倒された直後に、水が地面にぶちまけられたような音と、ガンという何か堅いものが何処かにぶつかった音が私の耳に響き、彼の身体を通して私の身体にも衝撃が来る。

何が起きたのかと、恐る恐る目を開くと、そこには頭から血を流してずぶ濡れになった陽信君の姿があった。

彼の血が、私の頬を濡らし……彼は私に笑顔を向ける。

『大丈夫？　七海さん……？　怪我してない？』

自分が怪我をして、ずぶ濡れになった彼が最初に出した言葉は、私への心配だった。そしてその直後に彼は倒れた。

わけも分からず私は混乱する。だけどすぐに、彼が私に覆いかぶさったのは私を守るためだと理解し、彼に対して失望した自分を恥じた。

私のせいで死んじゃったのかとパニックになりかけたけど、呼吸をしているのを見て安堵した。そして、即座に私は走った。私一人では彼を運ぶのは無理だからだ。

走っている途中で息は上がり、心臓はドキドキと鼓動を速める。

だけどこの心臓の鼓動が陽信君に対してのものなのか、走っているからなのか、その時の私にはどちらなのか分からなかった。

それから職員室に着いた私はすぐに先生を呼んで……彼を保健室に運んでもらった。心臓はずっとドキドキしっぱなしで、彼が目を閉じている姿を見ると胸が締め付けられそうだった。

保健室の先生は濡れた彼の衣服を脱がせて、テキパキと治療しベッドに寝かせる……頭は切れてるけど、たぶん大丈夫だろうと言われた時には本当にホッとした。泣きそうになったくらいだ。

それから色々あって、私は彼の裸の上半身を見てしまい、意外に鍛えられている姿に更にドキドキさせられた。

おとなしいだけの貧弱な男の子だと思っていたのに、彼は全然そんなことなかった。意外に逞しくて、本当に男の子なんだって分かったんだけど、男の子に対する苦手意識は……全く湧き上がってこなかった。

そして、今まで出会ってきたどの男子よりも、彼は紳士で優しいことを知る。

そんな彼が目を覚まして告白を受け入れてくれた時、私の中に喜びと同時に強い罪悪感が襲ってきた。そして、告白を受け入れてくれて嬉しいと思う自分にも驚いた。

その嬉しさから流れるように、お互い名前で呼ぶ提案を私はする。男の子から名前で呼ばれるなんて……今まで嫌だったのに、自分から陽信君には私の事を名前で呼んで欲しいと感じた。

でも、できたのはそれだけ。それ以上、私は彼に何も言えなくなってしまった。

帰りも一緒に帰れたというのに、徐々に強くなる罪悪感からか、それとも二人で一緒に帰るという状況に緊張しているからか、私は彼と碌に話せなかった。

一緒に帰ってつまんなくなかったかな？　本当に申し訳ない気持ちでいっぱいだ。

最後の最後、連絡先は交換できたし、ぎこちないけど少しはお話もできた。それがとても嬉しく、私はどこか上の空になってしまう。

私はボーッとしたまま帰宅して部屋に戻り、ふらふらとベッドの上に倒れると急に彼との事に対しての実感が湧く。

「かっこよかったなぁ……陽信君……」

……なんでこんなにドキドキしているんだろう。なんで私はこんなこと呟いているんだろう？　私にそんな資格はあるんだろうか。

私……陽信君と付き合うんだなと、ベッドの上でじたばたしていた。心の中に男の子と付き合うという不快感は全くなかった。

そうだ、明日からは私は陽信君……ううん、陽信の彼女として振る舞うのだ。今日みたいな失態は見せていられない、自分自身に気合いを入れる。

そこでふと我に返る。

……罰ゲームなのに、私はなんでこんなに気合を入れているんだろうかと思ってしまった。これは一ヶ月限定の付き合いだ。だけど……彼との別れ際は、なんであんなに寂しく名残惜しかったんだろう。

私は頭を振ってその気持ちを振りほどくと、先ほどから通知音が鳴りっぱなしのスマホに視線を送る。

……私が考え事をしている最中もスマホの通知音が鳴りっぱなしって……たぶん、二人が告白の結果を催促しているのだろう。

スマホの画面を見ると予想通り、二人からのメッセージが矢継ぎ早に来ていた。どんな内容なのかと、私はメッセージを読んでみる。

『どうだった？　告白成功した？』

『まー、だいじょぶだよねー。でも結果だけ教えてよー』

私はそのメッセージを見て苦笑を浮かべる。そして、グループメッセージに簡素に一言だけ、結果を報告した。

「成功したよ。色々あったから明日詳しく報告するね。今日はもう寝るから、お休み」

それだけ返信して私は会話を打ち切った。まだ何件かメッセージが来ていたが、私が寝たと思ったのか二人からのメッセージもすぐに収まる。

それから私は……深呼吸をしてアプリ内のアイコンから陽信を選択する……。私が初めて、自分から連絡先を交換した男の子の名前を見つけてなんだか嬉しくなる。

アイコンは何かのアニメのキャラだろうか？　髪型を可愛く編み込んだ女の子のキャラクターだ。こういうの好きなのかな？

私は自分の髪の毛をクルクルと指で弄ぶ。だいたい単純に縛ったりとか、緩いパーマをかけたりとかするけど基本的に難しい髪型にはしない。

見せる相手もいないのに面倒だと思っていたから。だから陽信のアイコンのキャラのような髪型って、やり方は知っててもほとんどしたことがないんだよね。

「……髪、編み込んでみようかな」

独り言が思わず口から零れ出る。

そのまま高鳴る鼓動を抑えることもせず、私は思うままに彼にメッセージを送る。

『私達付き合ってるんだしさ、明日から一緒に登校しようよ。駅で七時半に待ち合わせでいいかな？』

ちょっとそっけないかな？

そう思いつつも送ったメッセージには即座に既読が付いた。すぐに見てくれたことに対して嬉しさを感じると共に……何故かなかなか来ない返事にやきもきした。

何か変なことを言っちゃったかな？　……まさか既読スルー？　それとも、女の子に慣れてないから慌ててるのかな？　そうだったら親近感が湧いてくる。

返事が来るまで……たぶんそんなに長い時間ではなかったと思うけど、私にはとても長い時間に感じられた。

そして、やっと返事が来た。

『七海さんと一緒に登校できるなんて嬉しいです。七時半ですね、了解しました。楽しみにしています』

嬉しいという一言に私は嬉しさから飛び上がり、寝っ転がっていたベッドが軋む。

なんで敬語なの？　という点はちょっと気になったが、きっと慣れない中でのメッセージなのだろう……。そんな彼が少し可愛く感じられた。

……可愛いってなんだ。彼の事を何も知らない癖に、私は何を考えてるのか。

この気持ちが話に聞く吊り橋効果からのドキドキなのか、それとも私が彼に惹かれ始めているのかは分からない。

もしも惹かれ始めているというのならば、我ながらチョロすぎる気がする。それなら二人の心配も的を射ていたということになる……。

いいや、私はチョロくない。あくまでも彼は男の子に慣れるためのお試しの彼氏だ。私はチョロくない！　これは吊り橋効果のドキドキだ！

私は私の中に生まれた気持ちに戸惑いと、罪悪感と、そしてほんの少しの喜びを感じながらも、その気持ちを否定するように頭を振る。

「でもうん、仮とは言え私は彼女なんだから……。それくらいはいいよね、きっと」

私は二人の友人に宣言した通りに、今日は早く寝ることにした。一つの決意を胸に、私はベッドに潜り込む。

明日はいつも以上に早く起きる必要があるからだ。

「明日は待ち合わせ……陽信と待ち合わせ……一緒に登校……彼氏と登校……彼氏と……

陽信と……彼氏……」

その事を意識してしまうと途端に恥ずかしさが襲ってくる。潜り込んだベッドの中でドキドキしながらも、私は無理矢理に目を閉じる。

彼氏と初めての待ち合わせという事実に緊張しながらも……昼間の精神的な疲労からか、私はすぐに睡魔に襲われ……そのまま意識は夢の中へと沈んでいった。

沈んだんだけど……。

夢の中に上半身裸の陽信が何回も出てきて、その度に起き上がってしまい……その日はいつもより寝不足になってしまった。

だけど、陽信が夢に出て来てくれたおかげで、予定通りにいつもより早く起きられたのだと、私は無理矢理に納得することにした。

その日の朝、僕はいつも以上に寝不足だった。

普段から割と寝不足気味ではあるのだが、今日は輪をかけて寝不足で、その理由はいつもと全く異なる。

今日は、僕が生まれて初めて女子と待ち合わせをするという日なのだ。そのせいでよく眠れないのも仕方ないだろう。

それがたとえ罰ゲームの結果できた彼女だとしても、僕にとって生まれて初めての女子との待ち合わせだ。浮足立って(うきあしだ)も仕方ないと言うものだ。

バロンさんからは七時には着くように……と言われたのだが、実は僕はそれよりも早く待ち合わせ場所に着こうとしていた。

眠れなくて起きてしまった結果、ほぼ始発に乗り現在時刻は六時半になっている。普段より早すぎて時間を見ると思わずあくびがこぼれ出る。

母さんには、学校でちょっと用事があってと適当に言ってごまかして出てきた。まさか女子と待ち合わせしてるからとは、なんだか気恥ずかしくて言えなかった。

この分だと予定より一時間も早く待ち合わせ場所に着きそうだ。まぁ、遅刻するよりは大分マシだし、待っている間はソシャゲで時間を潰しておこう。

僕はそんなことを考えていたのだが……予想外の事態に困惑する。

彼女……七海さんは、待ち合わせの時間まで一時間も早いというのに、僕なんかよりも早く待ち合わせ場所に着いていた。

一人佇むその姿も華があると言うか……朝だからまだ人は少ないけど、道行く男性は一回は彼女に視線を送っていた。

あれ？　僕、待ち合わせ時間を間違えたかな？　実は寝不足だと思っていたけど、遅刻しちゃった？

いや、スマホの時間は六時半、彼女から提示された待ち合わせ時刻は七時半だ……僕は間違っていないし、時空も歪んでなんかいない……。時間は正確だ。

え？　なんでこんなに早くいるの？

事態に困惑する僕だったけど、ともあれ彼女を待たせるのは本意ではない。バロンさんも言っていたじゃないか、遅刻は相手を軽んじていると思われると。

いや、これは決して遅刻ではないけれど……見つけてしまった以上は彼女を待たせるのは申し訳ない。

彼女の姿を見つけて焦った僕は、小走りで彼女に駆け寄る。

僕が駆け寄る際に、一瞬だけ彼女は自身に近寄ってくる存在に怯えたように身を竦ませたのだが、それが僕だと分かるとホッと安堵の表情を浮かべて笑顔を僕に向ける。

「な……七海さん、ごめん。待たせちゃった？　待ち合わせは七時半だって聞いてたけど……もしかして待ち合わせ時間、僕が間違えてた？」

こんな可愛らしい女の子を名前で呼ぶのはまだ慣れなくて、少しだけぎこちないけど何とか呼べた。彼女はそんな僕に笑顔のままで小さく首を横に振る。

「ううん、間違えてないよ。私がちょっと早く着いちゃっただけで……おはよう、陽信」

「あ……おはよう、七海さん」

どうやら時間は間違えていなかったようだ。

早く着いてしまったと言うが……早すぎないだろうか。笑顔で僕に朝の挨拶をしてくれた彼女に、僕も挨拶をし返す。

……まさか僕の人生にこんな風に、女の子と朝に挨拶をする機会が訪れるとは思っていなかった。

彼女はいつものスカートを短くした制服姿だったけど、昨日よりちょっと大きめの肩掛け鞄をかけていた。昨日の帰りはもう少しコンパクトな鞄だった気がするのだが、女子らしく気分で変えているのだろうか？

……僕、昨日この子に告白されたんだよな。罰ゲームとは言え。一日たって改めて彼女の事を見ても、なんだか信じられない気分だ。これ夢じゃないよね？

「でもさ、私も早く着いたけど陽信も早いよね。私はちょっと、やることがあったから早起きしちゃったんだけど……」

夢見心地だった僕は、彼女の一言で僕は現実に引き戻された。どうしようか、ここは素直に言っておこうか。変なごまかしの言葉を言っても特に意味はないし。

「あぁ、ごめん……女の子と待ち合わせなんて生まれて初めてだから緊張してよく眠れなくてさ。早く起きちゃったんだけど……良かったよ、七海さんを待たせなくて」

「ふーん……そうなんだ。そんな気にしなくていいのに。でも、そうだね、そのおかげで今日は早く会えたんなら、良かったよね」

そっけない言葉とは裏腹に、彼女の顔には笑顔が浮かんでいた。

態度と裏腹の早く会えて嬉しいと言わんばかりの笑顔に、僕はちょっと困惑する。いや、僕も早く会えて嬉しいんだけど……。

むしろ彼女にしてみれば、罰ゲームで付き合うことになった僕なんかとはそんなに長く一緒にいたくないのではないだろうか？

女心は分からない……と思いつつ僕は彼女の姿を改めて見る。

嬉しそうに笑顔を浮かべるその目元は丸っこくて、柔らかな印象を与えてくる。茶色い大きな瞳は、二重瞼がパチパチと瞬きするたびに周囲に星がきらめくような錯覚を覚える。目元には一つほくろがあって、それがどことなく色っぽく見えるのは気のせいじゃないだろう。まさに美少女だ。

長い髪の毛は一見すると黒っぽく見えるけど、染めてるのか天然なのか、光の加減で瞳と同じ茶色が混じっている。

そこまで観察して僕は初めて、彼女の髪型が昨日と違うことに気が付いた。今日はその長い髪の毛が編み込みになっている。

そうだよ、昨日はふわふわなストレートのままだったのに、今日は髪の毛を編み込んでいる。なんだか既視感のある編み込みだけど、彼女に似合っていて非常に可愛らしい。

そういえばバロンさんが言っていたな……。

『いいかいキャニオンくん、彼女に些細な変化があったら必ずそれを褒めるようにするんだよ。君の彼女がモテる女性ということは、きっと彼女は日々の努力を欠かしていないと思うんだ。だから単純に可愛いという言い方じゃなくて……髪型が変わったならその髪型も似合ってるねとか、そんな具体的な褒め方をするんだよ』

『それもネットの受け売りですか？』

『もちろん。僕はむしろ気づかなくて怒られるタイプだし、社会人だと下手したらセクハラ案件だからね。普通はやらない。仮でも彼女相手だからできる芸当だよ』

うん、ネットの受け売りとは言え、褒めるのは重要なことだ。靴が違うことは誉め言葉が浮かばないから……せめて髪型を褒めておこう。

これで好感度は稼げるのかは賭けではあるが……。いや、賭けとか関係ない。ここは素直に褒めておこう。褒められて嬉しくない人なんていないと信じておこう。

何より、可愛いと思ったのは僕の本音なのだから。それをありのまま伝えよう。

「七海さん、今日は髪の毛を編み込みにしてるんだね。えーっと……その髪型も似合ってて……その……か……かわ……似合ってるね」

はい……ダメでした。

僕に可愛いって言葉はハードルが高すぎて、口から出すことができませんでした。似合ってるがせいぜい言える限界値です。ちくしょう、僕のヘタレめ。

でも仕方ないよね。うん、可愛いってさらっと言える人はどういう精神構造してるんだろうか。誰か教えて欲しい。バロンさんにその辺を今日聞いてみよう。

「に……似合ってるかな？　そう、良かった、似合ってたなら良かったー。ホッとしたよ。陽信の為にこの髪型にしてみたんだよね」

「うん、似合って……え？　僕の為に……？」

「うん。ほら、陽信のアイコンってこの髪型の女の子キャラの絵だったじゃない。だから、こういう髪型が好きなのかなって思って」

僕は七海さんの何気ないその一言で、背筋にゾクリと冷たい何かで撫でられる感覚が走った。

しまった！　彼女と連絡先を交換したというのに、アイコンを女の子キャラにしたままだった！　しかもキャラクターは僕が好きなソシャゲのキャラの女の子だ！　割とえっちな服装のキャラだというのがバレてないのは幸いか？

そもそも連絡先を交換する相手が少ないから気にしてなかったけど……こんなことならもうちょっと無難なものに変えておけば……。

「ちょっと、いきなり絶望的な顔しないでよ。別にいいじゃないアニメのアイコン。今時、珍しくないでしょ。私もアニメの映画とか見に行くよー。好きなら良いじゃない」

僕の目の前に、天使が居た。ギャルな天使だ。

そもそも僕の好きなキャラの髪型にしてきてくれた時点で、理解は示してくれていたのだろう。僕が早合点して、勝手に絶望的な気分になっていただけで、彼女は気にしていないのだ。

……なんていい娘なんだろうか。

「好きなんでしょ、この髪型。どう、可愛い？」

彼女は編み込み部分をほんのちょっとだけ指でつまんで、僕に首を傾げながら改めて問いかけてくる。

ここまでしてくれた彼女に対して、僕はその一言を口にするのを躊躇うのか？　いいや、そんなことはできない。陰キャとは言え矜持はあるのだ。礼には礼で返す必要がある。

勇気はいるけど、ここで勇気を出さなくてどうする。そうだ、ここは現実ではなく、ソシャゲのチャット場だと思い込め僕。

チャットになら今回の新キャラ可愛いよなとか躊躇いなく書けるんだ。これはその延長線上だと思え僕、だから……言うんだ！

「……う……うん……可愛いよ七海さん。その髪型、似合ってて凄く可愛い」

言った！　言ってやったぞ!!　先ほどは躊躇った言葉を僕は言ったんだ!!　僕は内心で

ガッツポーズを取る。

だけど消耗が激しすぎる。これだけで今日一日のスタミナを使い切った気分だ。早く回復アイテムでスタミナ回復を……いや、違う。ソシャゲじゃないんだから戻ってこい僕。

戻ってきた僕が見たのは、真っ赤になって昨日も見せてくれた華のような笑顔を見せる彼女の姿だった。

喜んでくれたのだろうか、その場でちょっとだけもじもじとしている。

これ、回復アイテム要らないな。見ただけでスタミナが一気に満タンになった気分だ。

そんなやり取りをしていると、時間がちょうど七時になる。予定よりは三十分ほど早いが、これ以上立ち話するのもなんだし、僕等は一緒に登校する。

僕は彼女の隣に並んで一緒に歩き出そうとしたところで……不意に七海さんは僕に対して右手を差し出してきた。

「んっ……！」

「へ？」

手を差し出して、一言だけ言う彼女の行動の意味が僕には理解できなかった。あぁ、これはあれかな？　彼女料を払えってことかな？

そうだよね、こんなに色々してくれたんだもん、課金が発生するのは当然だよね。無課金で楽しもうなんて虫が良い話だ。十連ガチャ一回分くらいで良いのかな……。

いや違う、ソシャゲと混同するな僕。それに僕は基本的に無課金プレイだろう。

ごそごそ財布を探して取り出そうとした僕は、我に返り彼女の目を見る。僕の視線と彼女の視線が交差すると、彼女は少しだけ頬を染めてから口を開く。

「付き合ってるんだからさ、手を繋いで学校行こうよ。それともさ、私と手を繋ぐのって……嫌……かな？」

「嫌じゃないです」

即答である。こんなの即答しないやつがいるのだろうか。

上目遣いで小首を傾げた彼女の言葉を聞いた僕は、自分の右手で彼女の右手を慌てて握り返す。

……うん、これは握手だね。昨日もしたやつだ。慌てすぎた。冷静になろう。でも、そんな僕の行動がおかしかったのか、彼女はプッと吹き出してから笑い出した。

「アハハハッ、これじゃあ昨日の握手と一緒じゃない。さすがに握手しながらだと学校行けないよ」

「うん、そうだね……えっと……こうかな？　女の子と手を繋ぐのって初めてだから分からなくて」

僕は改めて左手で彼女の手を握り返す。昨日も思ったけど、とても柔らかく小さな手だ。朝から僕を待っていたせいか、ほんの少しだけ冷たいのが昨日との違いか。

「何か照れるね、こういうの」

はにかんだ笑顔を僕に向ける彼女の頬は赤くなっていた。それはきっと、朝の寒さのせいではないのは明白だろう。

僕もそこでやっと、女の子と手を繋いでいるんだということを実感してしまい、同じように赤くなる。そして同時に、もう一つの事実に気づく。

……どうしましょう、バロンさん。目標がいきなり達成されてしまいました。

僕は昨日アドバイスと共に目標をくれたバロンさんに、心の中だけで報告することしかできなかった。次の目標は、まだ分からない。

歩いて、電車に乗って、電車から降りて、登校する。いつもの通学路だというのに、七海さんと手を繋いでるというだけで全て(すべ)が違って見える。

だけど僕は考えていなかった。彼女と手を繋いで登校するというその意味を。

いや、分かっていたんだけれども……舞い上がりすぎて、テンパりすぎてその意味を忘れてしまっていたのだ。

七海さんは過去に、ありとあらゆるイケメンをフッてきた女子だ。それくらい告白されてきた非常に魅力的な女の子だ。

そんな彼女と、教室でも目立たない僕のような陰キャが手を繋いで登校するという光景は、周囲から好奇と驚き、それに加えて嫉妬や憎悪など、様々な感情が乗った視線に晒されることになった。

少し考えれば分かることだったけど、今更手を離すことはできないので繋いだままだ。

幸いなのは、朝が早くて登校している生徒数が少ないってところかな。それでも何人かはバッチリ見ている。

流石に声をかけてくる人はいないが、七海さんの事を知っている人はひそひそと話をしていた。

正直、あまり気分は良くないが……仕方ないと僕は割り切る。七海さんはどうかなと隣をチラリと見ると、彼女はちょっとだけ楽しそうに見えた。

「……噂になっちゃうかもね？」

流石は七海さんだ……この状況を楽しむように、そして僕を揶揄うように……その綺麗な歯を剥き出しにした笑顔を浮かべて僕に向ける。まるで映画のワンシーンのように真っ白い歯がキラリと光っている。

ちなみにここまでの道中で、彼女は昨日とはうって変わって僕に喋りかけまくってきていた。

趣味は何なの？　とか、休みの日は何してるの？　とか、付き合った女の子って他にいるの？　とか、そんな話を終始しながら僕等は道中を歩いてきていた。物凄いマシンガントークに僕はタジタジだった。

昨日のバロンさんからのアドバイスでは『あまり自分の事は話さず、彼女の事を聞くようにね。君は聞き上手に徹するんだ』と言われていたのに、それが全部無意味となる。

さすがにこの状況ではアドバイスに従うわけにはいかないと判断して、僕はとにかく自分の情報を喋りまくっていた。

また彼女の話し方も実に上手いのだ。

会話の膨らませ方が上手いと言うか……趣味の事を聞かれた時に、ゲームと答えたら、アイコンのキャラがゲームキャラであることを看破され、休みもこのゲームをしてるの？という質問に繋げながら自分はゲームをしたことがないことを僕に告げる。

何と表現するのが正しいのか分からないけど、会話の間における質問の繋げ方が秀逸なのだ。これが真の聞き上手というやつなのか……僕なんかとは大違いだ。

結果として自分の事ばっかり喋ってしまい、七海さんにつまらないと思われたら申し訳がないが……とりあえず楽しそうだったので間違ってはいなかったと思いたい。

ここまでの道中楽しそうで、今も楽しそうな七海さんだけどそれを思い出すと途端に申し訳ない気持ちになって、僕は思わず噂になるというその言葉に後ろ向きな返答をしてしまった。

「そうだね、僕なんかと噂になっちゃって……七海さんには申し訳ないと思うよ」

我ながら卑屈だと思ったけど、言わずにはいられなかった。だけど僕がそう言ったとたん、彼女は頬を膨らませる。

「なにそれー？　欲しかったリアクションじゃないんですけどー？　私達、付き合ってるんだから良いじゃない」

プクッと膨れたほっぺたを僕はつつきたい衝動に駆られる。

どういうリアクションをするのが正解だったんだろうか？　この辺は、七海さんの嗜好を把握しなければ難しいかもなぁ……。

僕が正解は何だったのか思い悩んでいると、七海さんは更に続ける。

「それに、僕『なんか』って今後はやめてよー。陽信は今、私の彼氏で……昨日は私を助けてくれたんだよ。格好良かったよ。だからさ……対等なお付き合いしようよ？」

……これ、罰ゲームのお付き合いのはずだよね？

あぁ、そういうことか。対等なお付き合い。それが彼女が理想とするお付き合いの形ということか。それを僕でシミュレートしていると。なるほど、理解したよ。全部理解した。

うん、勘違いしてない。危なかったけど。

「うん、わかったよ……七海さん。ごめんね」

僕が答えると、彼女も僕に笑顔を返してくれるのだが……その笑顔がほんの少しだけ曇る。先ほどまでの華のような笑顔とは一転して、哀しそうな笑顔だ。

「……私の方こそ、ごめんね」

その謝罪はどちらの意味なのだろうか？

噂になることに対する謝罪なのか……それとも、これが罰ゲームのお付き合いだということへの謝罪なのか。

もしも、罰ゲームであることを僕が知っていると彼女に伝えたら、彼女はどんな顔をするのだろうか？

それを告げた時の彼女の顔を、僕は少しだけ見たくなったのだが……その誘惑をぐっとこらえた。

その代わり、僕は彼女の頬を人差し指で突っついた。それは我慢しなかった。

唐突に起こした僕の行動に、彼女は目を丸くして僕を見る。ちょっとした悪戯のつもりだったんだけど、予想外に驚かれて僕も目を丸くしてしまう。

「な……な……ななな……何をっ⁈」

「あ、ごめん……七海さんが対等なお付き合いをって言い出してたのに、いきなり謝り出したからさ……。嫌だったかな？　ごめん」

「……い……嫌じゃないけど……ビックリしたっていうか……うん……ビックリしただけ、ビックリしただけ……」

ビックリしたをかなり強調する彼女のその顔は真っ赤で、目が泳いでいる。どうやら相当に驚かせてしまったようだ……申し訳ないことをした。

そのまま彼女は少しの間だけ無言になると、その間に学校に着いてしまった。なんだかあっという間で、僕等はいったん手を離し、靴を外履きから内履き用の靴に履き替える。

教室は同じだし、手を繋ぐのはここまでかなと思ったら……彼女は靴を履き替えた後にも手を差し出してきた。

……この短い時間でも手を繋ぐと申しますか。そうですか。

「流石に……ちょっと恥ずかしくない？」

「いいじゃない、朝だし人も少ないから……もうちょっとだけさー」

その言葉に、僕は観念して彼女の手を取る。

教室にはまばらに人が居て……僕等が入ってきた瞬間に教室内がざわついた。騒いでい

ないのは七海さんの友達の二人だけだ。……彼女達もずいぶん早く来ているな。

教室内がざわつく中で、二人は真っ先に僕等に笑顔を浮かべて近づいてくる。えっと、この二人の名前なんて言ったっけ……？

「……七海ー、ずいぶん大胆だね。まさか手を繋いで入ってくるとは思わなかったよ」

「初美……うん……ちょっとね……」

七海さんのふわふわとした髪とはまた違う、真っ直ぐなロングヘアーの方の友達……初美さんは七海さんの行動に驚いているようだがその口調はとても優しく、どこか安堵感を感じさせるものだった。

その言葉に七海さんは、はにかんだような笑顔を浮かべて返答している。

彼女もギャルのような格好をしているけど、七海さんとはまたタイプが違っていた。黒い瞳に、その瞳と同じような真っ黒なロングヘアーだ。ただ、黒い髪の毛の所々に鮮やかな赤いメッシュが入っている。

目元はとても鋭くて、まるで獲物を狙う肉食獣を彷彿とさせる、何処か攻撃的な美しさがそこにはあった。

当然ながらスカートは短く、胸元も大胆に開けてるんだけど……露出している部分はとても引き締まっている。今もくびれた腰に手を当てていて、どこか強そうに見える女性だ。

「おめでと～、七海おめでと～」

「歩、ありがと」

ショートヘアでゆるい笑顔を浮かべた女子……歩さんは、ぱちぱちと手を無邪気に叩いている。僕等を素直に祝福してくれているようだ。僕の方にもその笑顔を浮かべて「簾舞おめでと～」と告げて、ぱちぱちと手を叩いていた。

緩くウェーブのかかった明るい茶色の髪の毛を肩の少し上まで伸ばしている。かなり小柄だけど、その背丈に似合わない胸の大きさが特徴的だ。

胸元にはアクセサリーのペンダントの鎖が見えているんだけど。先端部分は胸の間に挟まっていて何かは分からない。

僅かに見えるのはロケットだろうか？　それがキラリと光っていた。

ゆるい笑顔を浮かべていて、少しだけタレ目気味の目元もあって非常に愛らしい印象を受ける。何というか、年下の後輩だと言われても信じてしまいそうだ。

改めて三人が並ぶと壮観というか……タイプの違う三人だけど、ただ立っているだけでまるで雑誌のグラビアだ。

それにしても、この二人が罰ゲームで告白って言い出したとは思えないリアクションだな。てっきり、もっとこうニヤニヤと揶揄うように笑ってくると思っていた。

　それどころか、僕と七海さんの交際を心から祝福しているように見える。……この笑顔が演技なら、僕は女性不信になってしまいそうだ。

「簾舞、彼女借りてって良いかい？　七海の恋バナ聞きたくてさ……あ、なんだったら簾舞も混ざる？」

「いや、女子同士の会話に混ざるのは遠慮しておくよ。……七海さん、また後でね」

　僕が手を離すと、彼女はほんの少しだけ残念そうな表情を浮かべるが、すぐに二人の友達に連れられて教室から出ていった。

　まぁ、罰ゲームの話をするんだから僕がいるところでは話しづらいよな。さっきの誘いも、僕が断ることを予想しているようだったしね。

　僕は彼女が出ていった後に、空になった手を見る。そして、余韻に浸るようにまだ彼女の手の温かさが残っているその手を、閉じたり開いたりする。

「こういうのを分不相応って言うのかなぁ……」

　とりあえず、彼女を見送った僕は自席に座る……鞄を置いて……さて……ここからどうしようか。

　僕は騒がしかった周囲へとさりげなく視線を送る。

　先に教室にいた好奇の視線を僕等に向けていた数人が、何かを聞きたそうにそわそわしているのが良く分かった……。僕の周りに群がるまで、おそらく数分とかからないだろう。

その数人に対する質問の内容は想像がつく。というか、それ以外はありえないだろう。

……その質問にどう返したものか。そもそも、七海さんが戻ってくるまで僕は生きていられるのか？　そっちの方が問題かもしれない。

そして最初の一人が僕の席に来て……二人目が来て……顔と名前の一致しないクラスメイトが次々と僕の周りに群がり、質問という名の矢を僕に飛ばしてくる。

僕の人生でここまで人に囲まれたのは今日が初めてだ。

質問は異口同音に「なんでお前が七海さんと手を繋いで教室に？」ということだ。皆が皆、その答えを知りたがって僕に群がっている。

その質問の答えは実は僕が一番知りたいものなのだが……。とりあえず、僕は正直に彼等に告げる。

「僕と七海さん、お付き合いすることになったんだ。それで……」

「嘘だー!!」

食い気味に言葉を途中で遮られ……信じて貰えなかった。

いや、それはどちらかと言うと信じたくない心からの叫びのようにも聞こえた。僕みたいな陰キャなんかが彼女と付き合ってるとか、普通は信じて貰えないよね。

あぁ、また「なんか」って付けちゃった……七海さんに注意されたのに。まぁ、いきなりは無理だけど……これから徐々(じょじょ)にこの辺は改善していこうかな。

それから僕は七海さん達が戻ってくるまで質問攻(ぜ)めにあった。教室には徐々に人が増えていき、それに合わせて僕の周りの人数も増えていく……質問内容はやっぱり一緒だけど。

質問への答えに四苦八苦していると、その人だかりが唐突に割れた。

まるでモーセの十戒(じっかい)の一場面だ。人垣(ひとがき)が割れて、そこに見えたのは七海さんと初美さんと歩さんの三人だった。

まるで映画のワンシーンのように、割れた人垣を颯爽(さっそう)と歩く三人……その格好良さに僕は思わず見惚(みと)れる。そして三人が僕の目の前に立つと、全員の質問対象が僕から七海さんに移る。

「ねぇねぇ、なんで簾舞と手を繋いで来たのさ？　なんかそういう遊び？　七海も遊ぶなら……」

「ん？　私が昨日、陽信に告白して付き合い始めたからだけど？　彼氏と手を繋ぐって普通でしょ？」

あっさり言ってのける七海さんの言葉に、周囲は目を丸くする。あれだけ騒がしかった教室が静寂(せいじゃく)に包まれた。

男子はその日を絶望に染め、膝から崩れ落ちる者までいた。女子は女子で僕と七海さんを交互に見て信じられないという顔をしている。

……さっきまで僕が何を言っても信じられなかったのに、七海さんからだとあっさり信じられるのか……凄いな、カースト上位の影響力。

「ほらほら、あんたら散った散った。付き合い始めの男女なんだから、ゆっくり見守ってやんな」

「そーだよーそーだよー。ほらほら、二人にさせてあげなー」

「あぁ、ありがとう……えーっと……初美さんと、歩さん……だっけ？」

彼女達の発言で渋々ながらも皆がそれぞれ自席に戻って行く。僕は彼女達にお礼を言うのだが、僕の言葉を聞いた七海さんが一気に頬を膨らませた。

非常に分かりやすい怒っていますアピールである。可愛い。いや、可愛いとか言ってる場合じゃない。

あれ、僕なんか怒らせるようなこと言った？

「……なんで初美と歩の二人はいきなり名前呼びなの？　私の事は最初、苗字呼びだったくせに……」

「あ、いや……それはその」

……七海さん、拗ねてる。

いや、名前知らないだけで、さっき知った名前を口にしただけなんです。別に他意はないんですよ。そんな可愛い拗ね方されると、ちょっと僕はどう反応して良いか……。

「アハハハハハ、仕方ないよ七海。簾舞とアタシら接点なかったし、単に名前知らないだけでしょ。アタシは音更初美だよ、よろしくね簾舞」

「私はー、神恵内歩ー。よろしくねー、七海の彼氏君」

「あ、うん、そうなんだよ七海さん。他意はないんだ。それとよろしく、音更さんに、神恵内さん。ありがとう」

助け舟を出してくれた二人にお礼を言いつつ、僕は二人を名字で改めて呼び直す。

すると、頬を膨らませていた七海さんの機嫌は直ったようで、笑顔を僕に向けてくれた。

うーん、僕は周りに関心がなさすぎだな……これからは気を付けないと。せめてクラスメイトの顔を名前くらいは一致させないとダメかも。

密かにそんなことを決意していると、七海さんは一回深呼吸してから、僕に対して身を乗り出すようにして顔を近づけてきた。

不意に彼女から漂ってくる甘い香りが僕の鼻をくすぐり、ドキマギしてしまう。

「陽信、今日のお昼ってどうするの？」

「お昼？　僕はいつも学食だけど……適当にパンとか食べたり……」

「私さ、陽信の分もお弁当作ってきたんだ。だからさ……良かったらなんだけど……その迷惑じゃなかったらでいいんだけど……一緒に食べない？」

後半は顔を少しだけ隠しながら、ちょっとだけ歯切れが悪く、照れたように七海さんは僕に意外すぎる提案をしてくれた。

「迷惑なんてことはないよ、喜んで」

教室中の視線を集める中で言われた思わぬお昼のお誘いに、僕はそう返すので精いっぱいだった。

それと同時に、昨日と違う少し大きめの鞄を持っていたのは腑に落ちたのだが……。これ、罰ゲームの告白からのお付き合いだよね？　七海さん、本気すぎない？

いや、僕としてはとても嬉しいんだけどね。嬉しいけど、何て言うかビックリしすぎて脳の処理が追い付いていないんですよ。

彼女と一緒に昼食をとる。男なら誰でも一度は絶対に妄想しているはずだ。そこに陰陽

の差などないと僕は思う。いや、絶対かは知らんけど。

少なくとも僕は、陰キャなりに妄想したことはある。妄想は自由だ。

それはこんな内容だ。

僕と彼女は二人きりで屋上に向かう。彼女は少し恥ずかしそうに、失敗しちゃったと予防線を張りつつも、お弁当箱をゆっくりと開く。

しかしその中身は、彼女の言葉とは裏腹に完璧に調理された美味しそうなお弁当で、僕はそれを食べて美味しいよと言ってあげて彼女は笑顔になり、そのまま談笑しながら幸せな昼休みを一緒に過ごす……。

そんな普通の妄想だ。たぶん、男子なら理解してくれる妄想だと思ってる。

だけどそれが僕自身の身に起こるなんて、想像すらしていなかった。妄想は妄想のままで終わると考えていた。

だけど妄想では終わらなかった。現実にそれは起ころうとしている。しかも、相手は七海さんだ。

罰ゲームで告白してきたはずの彼女は、待ち合わせをしてから僕と手を繋いで登校し、お昼のお弁当まで作ってきてくれた。

彼女の罰ゲームへの本気度が違う。

これはそう感じるには十分な出来事だ。だけどいや、これは僕が割と好かれているという解釈もワンチャンあるのではないだろうか？　万分の一……いや、もっと少ない確率かもしれないけど。そういう可能性はあると思ってもいいのではないだろうか。

いや……自惚れてはいけないな。僕はまだ、彼女にそこまで好かれることをした覚えがない。僕は彼女にメロメロになってもらうための行動を、まだ何もしていないんだ。

これはきっと、七海さんなりの「理想の彼女像」を追求した行動なのだと胸に刻んでおこう。そう思わないと……今の僕には耐えられない。主に周りの視線から。

僕たち二人は昼休みの現在、屋上にいる。うちの高校は屋上が解放されているので、昼休みに屋上で食事する人は珍しくない。珍しくないのだが……。

今日は人がかなり多い。たぶん、気のせいじゃない。

「天気が良いと屋上って気持ちいいね。あ、あっちのベンチ空いてるからあそこで食べよっか。行こう、陽信」

「そうだね、七海さん」

人が多い理由は言わずもがなだ。僕と七海さんの昼食を見学するために集まった人達だろう。だから人は多くても、僕と七海さんの周りには露骨に人が少ない。

みんな、遠巻きに眺めるために僕と七海さんを中心に集まっているような状態だ。授業で習ったドーナツ化現象みたいなことが起こっている。

ちなみに、音更さんと神恵内さんはここにはいない。

彼女達は彼女達で、久々に自分の彼氏と昼食を食べると言って去って行った。どうやら二人とも、こっそりと学外に出ているらしい。

昨日までは必ず七海さんと一緒にお昼を過ごしていたと聞いたけど、ここに来て急な方針転換だ。

だけどそれは、男性慣れしていないという七海さんを守るための、彼女達なりのガードだったのかな？　ちょっと過保護気味だけど。

そしてそれは、おそらくだが僕に引き継がれたのだろう。いないということはきっとそういうことだ。これは大役を仰せつかってしまったと、プレッシャーを感じてしまう。

しかしそれ以上に、この視線の量は本当にきつい。

女子達からの好奇の視線はまだいい。これは不快ではあるが実害がないし、むしろ彼女達の興味は僕よりも七海さんにあるようだ。なぜ僕を選んだのかという意味でだが。

それならば僕が気にするのは自意識過剰と言うものだ。

問題は男子達の視線だ。

憎しみ、恨み、怨嗟、嫉妬、悔恨、怒り……そのような様々な感情の乗った視線を僕に向けてきている。刺すような視線とはまさにこのこと。

七海さんがいるから襲い掛かっては来ないようだが、今にも襲い掛かってきそうな視線を感じてしまう。きっと彼女がいなくなったら本当に僕は襲われるだろう。

憎しみで人が殺せたらとか、視線で人が殺せたらという表現があるが、僕はこの視線を受けて言いたい。

憎しみに殺されそうだと。

視線で殺されそうだと。

胃に穴が開きそうだと。

周囲の男子達に七海さんは罰ゲームでやってるだけだから心配しないでと叫びたいが、それはできないので、とにかく僕が耐えるしかない。

「陽信、どうしたの？　早くおいでよ」

僕の葛藤を他所に、いつの間にかベンチに座っていた七海さんは、自身の隣をポンポンと手でたたいて僕を誘う。隣に座れということらしい。

僕は彼女に促されるままに、彼女の隣に座る。彼女の手には二つの小さなお弁当箱があり、そのうちの一つを僕に手渡してくる。

「……もしかして、今日、早起きしてやることってこれだったの？」

「……うん、そうだよ。あ、手作りダメな人だった？」

「あぁいや。全然大丈夫。そうじゃなくて、大変だったろうなって」

「えへへ……頑張ったよ？」

ちょっとだけ頰を染めて彼女は恥ずかしそうにする。……僕のために早起きして作ってくれた七海さん手作りのお弁当か。

うん、なんだろう。今なら僕に注がれる視線にも耐えられる気がしてきた。我ながら現金というか、調子がいいというか……。

でもきっと、今の僕は無敵だ。精神的な意味で。

「本当はお昼にビックリさせたかったんだけど、陽信がお弁当だったらどうするのって、朝に初美につっこまれてさ……。良かったー、陽信がお弁当持ってきてなくて」

「僕も、まさか七海さんがお弁当を作ってくれるなんて思ってなかったよ。嬉しいよ」

僕は昼食代を親からもらっているので、基本的に購買でパンを買うか学食で食べるかなんだけど……今日の分のお昼代が丸々浮いてしまったな……。

まぁ、たとえ弁当を持ってきてたとしても、絶対にこれは食べていただろう。食が太い方ではないが、これくらいならきっと余裕だ。

いや、無理してでも食べる。それくらいこの弁当は重要だと、いくら僕でも理解できる。

「ねぇ、ボーッとしてないで開けてみて欲しいんだけど……」

「あ、あぁごめん。そうだね、じゃあいただくよ」

僕は渡されたお弁当箱を満を持して開けてみる。

ここで実は七海さんが料理下手で僕は頑張ってそれを完食する……という展開は一切なく、お弁当は普通に……いや、かなり美味しそうなものだった。

「わぁ……」

思わず感嘆の声が漏れ出てくる。初めて見た女の子の手作りのお弁当は、なんだろうか……僕には眩しすぎるくらいに美しく見えた。

ちっちゃな可愛らしいサイズのおにぎりが3つ、それもノリを巻いたり、ふりかけをまぶしてたりと、おにぎりなのにカラフルだ。

卵焼きはコゲもなく綺麗な黄色をしており、まるで黄金のように輝いて見える。

メインには唐揚げが四つほど入っているが、周りにレタスとプチトマトが置かれており彩りも鮮やかだ。

僕はその開けたお弁当をゆっくり、慎重にまずはベンチに置く。その僕の行動に七海さんは首を傾げるが……僕は構わずスマホを取り出して、そのお弁当の写真を撮る。

それも連写で何枚も、様々な角度でだ。

「ちょっと?!　何やってるの⁉」

「いや、この芸術作品は記録してからでないと、勿体なくて食べられないんだよ」

普段あまり食事の写真を撮らない僕でも、これは撮っておくべきだという義務感にかられる。それにこれは、記念すべき初お弁当なのだ。

困惑する七海さんを尻目に、僕は十数枚ほど写真を撮ると、満足して改めてお弁当と、そして七海さんに対して手を合わせる。

「いただきます」

「……召し上がれ」

少し恥ずかしそうに頬を染めながらも、七海さんはそう答えてくれた。それがなんだか嬉しかった。

おにぎりは硬めのご飯をふんわりと握っており、口の中でお米が解けるような食感。

卵焼きは硬すぎず柔らかすぎず、甘めの味付けで僕の好みにぴったりだ。

唐揚げは冷めてもサクサクした衣の食感はそのままで、濃い目の味付けがおにぎりに実によく合い、箸が止まらない。

要するに、全部美味い。

夢中で食べていたが、何か気の利いた感想を言わねばならないと、僕は二個目のおにぎりを手にする。

「おにぎり、小さくて可愛いサイズだね。それに綺麗なまん丸だし」

「ありがとー。私の手ってこーんなちっちゃいからさー、どうしてもそのサイズになっちゃうんだよね。足りる？」

七海さんは両の掌を僕に向けてフリフリと振る、僕はそこで彼女のあの細い指がこのおにぎりを形成したことを強く意識してしまった。

……意識するとヤバい。なんかもう色々、ヤバい。何がとは詳しく言えないけどヤバい！

そうだよね、おにぎりだもん。手で握ってるよね。

語彙力を失ってしまう程に混乱した僕は、それでも彼女のお弁当を味わって食べる。

夢中で食べたからか、小さなお弁当箱だからか……僕はそのお弁当をあっという間に平らげた。

「ごちそうさまでした。美味しかったです」

「お粗末様でした」

彼女はまだ食べている途中のようで、少し早く食べすぎたかなと後悔した。

「七海さん、料理上手いんだね」

「お弁当作るのって、基本的に私の役割だからねー。今日はこっそり一人分多く作って、持ってきたんだ」

彼女も僕と同じく両親が働いてるのかな？　それを手伝うためなのか、お弁当を作るなんて偉いなと……僕がそう思った時だった……。

ググゥ～……。

僕の腹が鳴る……小さく、だけど七海さんにも聞こえる大きさで。その音に僕の顔は赤くなり、彼女の顔は少し青くなった。

「ご…ごめん!!　やっぱりそうだよね、男の子だもんね、私の予備のお弁当箱じゃ量が足りないよね！　そこ、もうちょっと考えればよかった！」

彼女は慌てて僕に謝罪してくる。

僕の胃の馬鹿野郎！　何故もう少し我慢できなかった。せめて七海さんと別行動を取るまで耐えろよ男なら！

そうなのだ、正直に言って……僕が大食漢ではないと言っても、この量はちょっと物足りなかった。

だから後で購買でパンか何か買おうと思ってたのに……根性なしの胃のせいで彼女に恥

を……。

「ごめんねー、私の方まだあるからさー……はい、唐揚げどうぞ?」

僕が自分の胃に叱責を送っていると、七海さんは自分の箸で摘んだ唐揚げを差し出してきた。

え?

どーゆーこと?

これはいわゆる「あーん」の構図だ。漫画とかで散々見てきたから間違いない。

彼女もそのことに気づいたのか、後から顔を真っ赤にするが……箸は下げない。むしろ一層強く、前に箸を差し出してきた。

周囲から雑音が消え……全員が僕らを固唾を飲んで見守っているように感じた。きっとそれは気のせいじゃないのだろう。

僕は震えながらも、これ以上待たせてはいけないと、彼女から差し出された箸に挟まる唐揚げを頬張った。

……緊張で味が分からないが……きっとさっきよりも美味いだろう。不味いわけがない。

僕の胃よ……お前はいい仕事をした。

掌がドリルのようにクルクル回転しすぎているが問題ない。とにかく、お前はいい仕事

をしたんだ、さすが僕の胃だと褒めようじゃないか。

箸をおずおずと引っ込めた七海さんは、残りのお弁当を黙々と食べ進める。

「は……初美達とは……よくこうやって……食べさせ合いっこ……しててさー……」

「へ……へぇー……そ……そうなんだー……」

それからしばらくは、まともな会話ができなかった。

僕等が会話を再開できたのは、僕と彼女の顔の赤みがなくなり、普通の顔色になってからだった。

その会話の中で、僕は正直に量が物足りなかったことを告げる。

今はもう色々な意味で満足してるが、もう少し食べたいのが本音だった。足りないことを隠してまた腹が鳴るのも嫌なので、僕はその事を正直に伝える。

「それじゃあ今日さ、帰りに陽信用のお弁当箱、一緒に買いにいかない？」

思いがけない提案に、僕は思考が止まってしまった。

「……それは明日も作ってくれるって解釈でいいのですか？」

「そのつもりだったけど……迷惑だったかな？」

「とんでもございません。恐悦至極に存じます」

嬉しさとテンパってしまった影響で口調がおかしなことになってしまうが、彼女は小さく「よかった」とだけ呟くと、胸の前で手を合わせた。

神様……僕はもうここで死んでも悔いなしです。僕の人生の絶頂はきっと今です！

色んな視線を送ってきてる人達に殺されるかもだけど、構うもんか。僕はもうこれ以上の幸福はきっとないんだから。

そう思っていた時、七海さんは小首を傾げながら頬を染め、ちょっと恥ずかしそうな笑顔を浮かべながら小さな声で呟いた。

「放課後デートだね」

……神様、前言撤回させて下さい。

僕はなんとしても生き続けます！

殺気交じりの視線が降り注ぐ中で、僕は一人そんな決意を固めていた。

◇◇◇◇◇◇◇◇◇◇◇◇◇◇◇◇

放課後になり、僕と七海さんは一緒に生活雑貨を扱うバラエティショップへと脚を運んでいた。来店の目的はもちろん、僕用の大きめのお弁当箱を買う為だ。

昼休みの決意のおかげか、僕は何とか今日を生き延びることができた。いや、実際に手を出してくる人はいなかったけど、向けられる殺意とか敵意が本当に多い一日だった。

正直、明日からの登校が少しだけ憂鬱になる。

「どしたの陽信？　なんか浮かない顔してるけど……」

「あぁ、七海さん。何でもないよ」

「そう？　あ、もしかして……手を繋ぐのダメな人だった？　だったら悪いことしちゃった……」

「違う違う！　そんなことないから、七海さんと手を繋げるのは……その……嬉しいよ」

僕の顔を覗き込むように、隣の七海さんが心配そうな声を上げたけど、僕の返答にホッとしたような笑顔を向けてくれた。

それだけで、明日の憂鬱さが消えていくようだった。

繋いだ手の温もりを感じて、明日も七海さんのお弁当が食べられるという前向きな考えが僕の中に浮かんでくる。まぁ、原因も七海さんなんだけどそこは考えないでおこう。

それから僕等はお弁当箱の選定を始める。二人であーでもないこーでもないと言いながら選んでいくのは、なんだか新婚さんのようだと妄想をしてしまう。

そう考えた直後、七海さんが嬉しそうに僕に笑顔を向けながら口を開く。

「なんか、新婚さんみたいだよねぇー……ヤバイねコレ！」

僕と同じ考えだという嬉しさと、頬染めプラス照れ顔のコンボはとんでもない破壊力でした。もう死ぬかと思った。ありがとうございます。

「ぼ……僕もそう思ってたところ」

と、か細い声で反応すると、顔を真っ赤にした七海さんに背中をバンバンと叩かれた。

何という心地いい痛み……いや、Mとかそういう意味じゃなくて、本当になんかこう幸せな気分になるというか、全ての行動が嬉しく感じるのだ。

我ながらイチャイチャしてるというか、少し前からは考えられなかった自身の考えの変化を自覚しつつお弁当箱の選定は完了したけど、問題はこの後だった。

「これだねー、じゃあ買ってくるねー」

と、七海さんがそれを持ってレジに向かい出した時は流石に焦って止めた。

自分のお弁当箱くらいは自分で買うし、なんなら今日のお昼の材料費だって僕は出したいくらいなのだ。これじゃあまるでヒモみたいじゃないか。

だけど材料費は断られた……。好きでやったことだからと固辞されてしまったのだ。

ならせめて自分のお弁当箱は自分で買うと僕は彼女に告げて、買ったお弁当箱を彼女に手渡した。いや、当たり前のことなんだけどね。

僕の為に作ってくれるのに、お弁当箱まで彼女に買わせるとか、どんな彼氏だ。流石にそれはないと、僕にだってわかる。

でも、そんな当たり前のことなのに、僕からお弁当箱を受け取った七海さんは顔をパァッと明るくさせる。

「なんか、プレゼント貰ったみたい」

受け取ったお弁当箱を大事そうに抱えた彼女の言葉に、きっとイケメンならこういう時に上手い返しができるのだろうと考えるが……あいにく僕にはそんなことは無理だった。

言えたのはせいぜい「明日からも、よろしくお願いします」と頭を下げるくらいのものだ。

彼女は僕の言葉に嫌な顔一つせず「任されました」と笑顔を返してくれた。何でこんなに良くしてくれるんだろうか。僕には彼女の笑顔の意味が分からなかった。

それからの帰り道、僕は明日のお弁当は何が良いと七海さんから質問を受ける。

僕は七海さんが作ったものならなんでも良いと思ったが、なんでも良いは一番困るパターンだとどこかで聞いたので、とりあえずパッと頭に浮かんだ料理をリクエストする。

「えっと……ハンバーグかな？」

「ハンバーグね、了解。あ、ピーマン食べられる？」

「流石に食べられるよ……。僕はパクチーとか匂いのキツい香草系以外はなんでも食べられるよ」

「私もパクチー苦手ー。でもそこは、私の料理ならなんでも食べられるよ。って言って欲しかったかな？」

……そうか、こういう時はそう答えるべきなのか。勉強になる。

彼女の笑顔に、僕はもう遅いと知りながらもその言葉を反復してみたのだが、盛大に笑われてしまった。まぁ、受けたからよしとしよう。

僕等はそんな会話をしながら一緒に歩く。もちろん、手は繋いだままだ。昨日よりはスムーズに話せている気がするけど……まだまだ慣れない感じに戸惑いつつも、楽しい時間だった。

そして、朝に待ち合わせた駅で繋いだ手を離す。

別れ際の七海さんは、また夜に連絡するねと言ってくれた。僕は頷いて肯定するだけで、気の利いたセリフが出ず、そんな自分を恨めしく感じていた。

だけど仕方ない。だって、ふとしたことで意識してしまうのだ。

罰ゲームだから、彼女は僕と付き合ってくれているのだと。

「……とまぁ……ここまでが今日あった出来事です」

僕はそんな風に、今日の出来事をバロンさんに報告する。チャット欄を専有しているけれども、口を挟むことなく最後まで聞いてくれた。

『いや、なんかネガティブなモノローグ出してるけどさ、もうそれ彼女の中で罰ゲーム関係なくなってるでしょ？　絶対に君にもうメロメロだよ』

バロンさんは最後まで聞いてくれたけど、僕の葛藤は無意味と言わんばかりに即座にそんな答えを返してきた。そんな馬鹿なと僕は彼の言葉を否定する。

『いや、今週中でも無理だと思っていた手を繋いで登校をクリアして、更に手作り弁当までもらって、しかもあーんまでしてもらって？　告白されたの昨日だよね？　普通はあり得ないよそれ。どんなスピード感だよ』

いや待って、今週中は無理だと思っていたんですか？

まぁ……そこについてはツッコまないでおこう。アドバイスをもらう身なのだし、きっと目標を高く設定していてくれたのだと思っておこう。

「いや、彼女は男性に慣れるために罰ゲームでお付き合いしているわけですから、僕を相手にシミュレーションしてるんじゃないんですかね？」

『いや、罰ゲームでの告白からのお付き合いってもっと事務的と言うか……むしろ『私が付き合ってあげてるんだから調子に乗らないでよね、学校では話しかけないでね』くらい言うと思ってたんだけど』

「彼女はそんな子じゃありませんよ」

アドバイスをいただいている身だというのに、僕はバロンさんの物言いに少しだけムッとして反論してしまう。何で僕が庇っているのか分からないけど、つい庇ってしまった。

文字だけだから僕が不快に思っていることは伝わってないだろうけど、想像とは言え彼女の事を悪く言われると少しだけ嫌な気持ちになる。

まぁ、この辺は文字で伝わらないニュアンスというものだろう。バロンさんも悪気がないのは分かっている。あくまでも僕の器が小さいだけだ。

『とりあえず、今の彼女の状態については、以下の可能性が挙げられるかな』

バロンさんはそう言うと、彼女についての状態を考察する。

『可能性一、男を翻弄することに快楽を見出している、小悪魔タイプである……傾国の美女とでも言うんだっけそういうの？』

「それはないと思いますよ、男性慣れしていないって……罰ゲームを決める時に彼女の友達が言っていましたから」

だからこそ草食系、絶食系だと思われていた僕が選ばれたのだ。それに、そういう人なら過去に告白してきた数々のイケメン達をフルことなく、むしろ積極的に交際していただろう。

可能性一については、万に一つもないと断言できる。

『可能性二、どうせ一ヶ月後に別れることが確定しているんだから、嫌われても構わないから自分の理想の彼女像を作って君で試している』

なるほど……あれが七海さんの理想とする彼女像の演技……男子慣れしていないというのにずいぶんと積極的に来ていたからおかしいと思ったが、無理して演技していたのなら納得だ。

でも、あれが本当に演技なら女性というものは恐ろしい。前にも考えたことがあるけど、彼女はきっと役者として食べていける。

綺麗だし、可愛いし、スタイル良いし、性格も良いし、とにかく可愛いし。

『可能性三、告白した日に君に助けられたことで、既に君に対してメロメロになってしまっている』

「それが一番可能性低いと思いますよ。だって、僕がやったことって彼女に水がかからないように庇ったくらいです。そんなんでメロメロって……あるんですかね？」

まぁ、表現の古さは置いといて……あの程度のことは僕じゃなくてもできることだ。そんなのですぐに人を好きになるのだろうか？

いやまぁ、今日ずっと彼女に翻弄されっぱなしだった僕が言えた義理ではないのだが、それでも、僕を好きになる動機付けとしては……なんだか信じられないという気持ちだ。

『可能性四、実は君は異世界から転生してきたチート持ちで、告白された女性をメロメロにする能力持ちだった』

「限定的すぎません、その能力？」

告白された女性をメロメロにするって、そもそも告白された時点でメロメロなんだろうから、気づかないし無意味な能力だ。バロンさん、変なオチを持ってきたなぁ。

『まぁ、僕としては三の可能性が一番高いと思っているんだけど』

『私は一だと思ってます。傷つく前にすぐに別れた方が良いですよ』

ピーチさんが会話に入ってきたが、それだけ言うとすぐに居なくなった。彼女は一貫して七海さんに手厳しい。人の心を玩ぶ行為が許せないのだろう。正義感が強い人だ。

「僕はその中だと二ですかね。たぶん、僕は嫌われても構わない練習台なんですよ。だから色々できるし、周囲を気にしないで行動できる」

『ま、二でも三でも君がこれからやることに大差はないんだけどね』

「……それもそうですね」

先ほど、ピーチさんは僕にすぐに別れた方が良いと忠告してくれた。それは彼女の正義感からの発言だろうが、人の心を玩ぶという意味では実は僕も大差がないのだ。

この罰ゲームの間に彼女に僕を好きになってもらって、なってもらったその後……僕はどうするのだろうか？

『それで、キャニオンくんはお弁当を作ってもらって、何か彼女にお礼をしたのかい？』

「あ、いえ、お礼は言いましたけど……色々あって何かお返しをするってのはしてませんでしたね」

僕が悩んでいると、バロンさんは今日の事について言及してくる。

そうなのだ、僕はお弁当を作ってもらって、唐揚げをあーんまでしてもらって彼女に対してお礼の言葉を言うだけしかできていない。材料費は断られたのだから、お礼のしようがなかったのである。

それを伝えたらバロンさんからは呆れたような答えが返ってきた。

『材料費って……。君ねぇ、お弁当屋さん相手じゃないんだから、何かスイーツを奢るとか、別な形でお礼してあげないと』

あぁ、なるほど。そんなやり方もあったのか。全然思いつかなかったというか……テンパりすぎて考えが至らなかったというか……。

いや、一緒に帰ったんだからいくらでもチャンスはあったんだ……これは僕の落ち度だ。

「そうですね。言われて気づくとは情けないですけど、明日からはお礼を……」

『あぁ、まってキャニオンくん。君が今日何もしなかったことで、次のミッションを考え付いたよ。次のミッションは……今週の土曜日……彼女をデートに誘うことだ』

「デート?!」

突然現れた指令に、僕は慌てる。

僕からデートに誘うなんて一足飛びすぎる指令であり、到底できるとは思えない……そんな指令を彼は僕に与えるというのだ。

今日の事を放課後デートと七海さんは言っていたが、誘って来たのは彼女の方だし、一緒に帰る延長線上だから大丈夫だったけど、自分からデートに誘うとなると……難易度は爆発的に跳ね上がる。

『難しく考える必要はないよ。彼女は対等なお付き合いを望んでいるんだろ？　だからお弁当のお礼として適度な返礼は必要だ。そうだ、映画でも一緒に行くと良い。定番だね』

映画デート……何だろうかその未知の響きは。僕に到底できるとは思えないのだが、それを僕にしろと言うのかバロンさんは。どれだけ難易度上げてくるんだ。

『ちょっと前時代的かもしれないけど、その日のデート代は全部君が持ってあげると良い。お弁当を作ってくれたお礼とすれば、彼女もすんなり受け入れてくれるんじゃないかな？君はお昼代を親から貰っているみたいだし……それを貯めておけば余裕だろ？』

確かに、彼女はお弁当をこれから毎日作ってくれると言っていた。

それをそのまま甘受するというのは申し訳ないし、彼女の言う対等な関係から程遠い気がしてしまう。

彼女とこれからも付き合い続けるためには、きっとバロンさんの言う通り適度に彼女にお返しをしなければ、きっと僕は彼女に負い目を持ち続ける。

罰ゲームの関係だからこそ、せめて対等のままでいたい。

これから先がどうなろうとも。どんな結果になっても、それまでは誠実でいたい。

『今日の君は、自分の事ばかり話してしまった。それは彼女が聞き上手だからってことなんだろうけど、明日から君は彼女の趣味嗜好をきちんと知ると良い。どんな映画が好きか、彼女の傾向を聞いておくんだ』

「……ちょっとハードルが高いけど頑張ります！」

僕はバロンさんには見えないけれども、握り拳を固めて決意する。

『見る映画を決めたらチケットは事前に予約しておくと良い。当日に買うとなると慌ただしいし、彼女も自分の分は出すとか言うかもしれないからね、先に買っておけばそんなこともない』

「何から何までありがとうございます。ちなみに……その情報も……？」

『もちろん、全部ネットからの受け売りだよ。映画デートの時はそうするとスマートらしい。ランチとかのお会計も、席を立った時なんかに先にサッと済ませておくと良い』

ネットの受け売りとはいえ参考にはしたい意見だな、とりあえず心に留めておこう。

『いいかい、あくまでも君からデートに誘うのが重要だ。いつまでも待ちの姿勢でいちゃいけないよ。君が彼女にとても興味があるということを、どんどんアピールしていくんだ。じゃないと、いつまでたっても好かれないと思う……いや、僕はもう好かれまくってると思ってるけどね』

本当にありがたいアドバイスだけど、最後の好かれまくっているという点にだけはどうにも同意できない。僕が自信を持てないというのもあるけど。

「バロンさん、ありがとうございます」

『いえいえ、とりあえずうまくいくことを願っているよ。それに……キャニオンくん、彼女に好かれることも大切だけど、君も彼女を好きになるように努力するんだよ、そうやってお付き合いを続けてくれれば、学生時代に碌な青春を送れなかった僕も嬉しいかな』

「ええ、分かりました。僕も彼女を好きになるよう……頑張ります」

頑張ると答えたが、実はその点に関しては大丈夫だと僕は考えていた。

何せ今日一日で、僕はこれが罰ゲームの交際だということを認識しておきながら、彼女に惹かれ始めているのだ。

いや、もう……正直に言ってしまえば……だいぶ好きだ。それくらいの自覚は流石に持っている。

……我ながら……チョロいなぁ。チョロすぎる。男子高校生なら仕方ないか。

僕がそう考えた瞬間、スマホにメッセージが届く。送り主は……七海さんだ。そこには、こんなことが書かれていた。

『……いま、通話しても大丈夫かな？』

そのメッセージを見た瞬間に、先ほどまであった決意がどこかに吹き飛んでしまう感覚に襲われ、一気に焦りが生まれてしまう。

「どどどどどどどうしましょうバロンさん⁉　彼女から通話のお誘いが来てしまいました‼　僕はどうすれば⁉」

『落ち着くんだキャニオンくん。連絡すると言われてたんだろう、だったらそれは極普通の事だ。こっちは気にしないで通話したまえ。良いかい、冷静に……冷静に喋るんだよ』

バロンさんにそう言われ、確かに夜に連絡すると言われていたことを思い出す。

むしろここは僕から連絡するべきところだったのかもしれないけど、先に来てしまったものは仕方ない。この反省を生かそう。

とりあえず僕は一拍置いてから『大丈夫だよ、僕からかけるね』と連絡をして、既読が付いたのを確認すると通話を開始した。

呼び出し音が一回鳴るか鳴らないかというタイミングで、僕と彼女は繋がった。

『陽信、ごめんねこんな時間に。ほんとはもうちょっと早く連絡しようとしてたんだけど、初美と歩と話し込んじゃっててさ……今何してたの？　またゲームかな？』

「あぁ、うんゲームやってたとこ。趣味がゲームと筋トレくらいしかないからさ、僕」

本当はゲームをやりながらバロンさんに明日からの事を相談してたとは言えず、僕は自身の趣味について隠すことなく説明する。気の利いた話題とか振れないので、それくらいしか言うことができない。

しかし、スマホでの通話は別に初めてじゃないのに、相手が七海さんというだけでここまで違うのか。

まるで耳元に七海さんがいるような気がして凄くドキドキしてしまう。七海さん声も綺麗だし、スマホを耳に当ててるだけなのに自分の部屋じゃないみたいだ。

『筋トレかぁ、意外と良い身体してたもんね。なんで部活とかやらないの？　まぁ、私もやってないけどさ』

「体育会系とか苦手なんだよね。今は身体を鍛(きた)えるやり方は動画を見れば事足りるし……身体を動かすのは嫌いじゃないから、筋トレばっかりしてるんだ」

『あはは、なんとなくわかるかもー。陽信、おとなしいから体育会系って雰囲気(ふんいき)じゃないもんね』

彼女の笑い声が耳に心地よく響く。

でも、ダメだ。気づけば僕はまた僕は自分の事ばっかり話してしまっている。彼女の事をもっと聞かないと……えぇと、さっき言ってた話題は……。

「そういえば、音更さんと、神恵内さんとは何を話してたの？」

『あー、えっと。今日の私、変じゃなかった？　ウザくなかった？　迷惑(めいわく)じゃなかったかな？　その、男子と付き合うのって初めてだからさ……二人に採点してもらってたんだよね……他(ほか)にも色々と……』

変と言えば終始変だったと答えざるを得ないだろう。悪い意味じゃなくて、僕にとってはいい意味だけど。

今まで数々のイケメンをフッて来た彼女が僕と手を繋いで登校したのだから、それを変と言わずして何を変だと言うのだろうか？

他にも色々というのは、もしかして罰ゲームについてのことも話してたのかな？　どんな内容を話してたのかは分からないけれども、その辺りを教えてもらうのは難しそうだ。

ただ、スマホ越しに聞こえてくる彼女の声は少し不安げだ。

少なくとも、ここで変だったと口にするのはさらに彼女を不安にさせてしまうだろう……。だから、ここは良かった点だけを彼女に伝えることにした。

「僕は女子と付き合うどころか、女子と手を繋いだのも初めてだったし、手作りのお弁当を貰うことも初めてで、色々とビックリしたことはあったけど……全部嬉しかったよ」

これは嘘偽りのない、僕の心からの感想だ。今日一日で、今までの高校生活で嬉しかったことの最上位が塗り替わりまくるという事態が多数起きたのだ。

今まではソシャゲで目当てのキャラが当たったとか、ランクが高くなったとかそんなことばっかりだったというのに……それらが色褪せて見えるくらいに、今日は楽しいことのオンパレードだった。

『本当？　……なんかさ、陽信って妙に冷静って言うか……学校じゃおとなしくて目立たないのに、なんか女の子慣れしてない？　本当に私が初めての彼女なの？』

それは単にバロンさんから色々と事前にアドバイスを受けていたからであって、決して冷静だったわけではないんだけど……どうやら彼女からは僕は冷静に見えていたらしい。

『待ち合わせにも私とぴったり同じくらいに来てくれるしさ。長時間待っちゃうの、覚悟してたんだよ？』

「それは言った通り、眠れなかっただけでたまたまだよ」

『私の髪型変えたのすぐに気づいてくれたのも、たまたま？』

それも本当にたまたまだ。バロンさんからアドバイスを受けていなかったら気づけなかったろうし、気づいていたとしても可愛いなんて間違っても口にできなかったと思う。

いや、可愛いと言ったのは彼女から催促されて何とか言えただけなんだけどさ……。

「たまたまだよ。その証拠に七海さんから催促されるまで可愛いってなかなか言えなかったでしょ？　それくらい、僕は女の子慣れしていないんだ。今だって女の子と話しているという事実に緊張してる」

『もしかして、可愛いって無理に言わせちゃってたかな？』

「あぁ、いや。可愛いって言ったのは本心からだよ。そうじゃなくて、可愛いって言うこと自体が初めてだから……照れ臭くてさ」

『あはは、そっか、本心から言ってくれてたのか。そっかぁ……可愛いって思ってくれたかー……ありがと』

小さく呟いた彼女の可愛らしい声が、妙に僕の耳に残る。

そこで僕と彼女の会話が一時的に途切れてしまった。しまった、ここからどう話を繋げばいいんだろうか。

……いや、バロンさんも言ってたじゃないか、彼女の事を聞けと。なんでもいい、とにかく何でも……勇気を出せ僕！

「ぼ……僕の趣味はゲームと筋トレって言ったけどさ、そう言えば七海さんの趣味って何なの？」

「私の趣味？　そうだねぇ、本を読んだり、映画を見たり、美味しいものを食べたり……あ、後はショッピングしたりとか。割りと平凡な趣味ばっかりだよ？」

映画、映画が来たぞ！　バロンさんからのミッションの映画が来た!!

僕はアニメ系とか特撮映画しか見ないから、いわゆる普通の映画に詳しくない。だから、ここをとっかかりに彼女の好みを把握するんだ。とにかく頑張れ僕！

「映画かぁ……僕って映画ってあんまり見ないんだけどさ、七海さんはどういう映画が好きなの？」

『私？　私はそうだね、アクション系も好きだし、恋愛系も好きだよ。でも悲しい話やホラーは苦手かな。ハッピーエンドで終わる話が好き。……陽信はアニメ系の映画が好きなのかな？　アイコンのキャラの映画とか？』

バレてる。

しかも僕、アイコンを変えるの忘れてたよ。最後の方の口調は少しだけ意地悪いような、僕を揶揄うような口調だけど、嫌味は感じられない。

……ちょっと意地悪い口調で言われるのも、なんかいいなと思ってしまった。

「……うん、好きだよ、アニメ映画。七海さんも見るんでしょ？」

『む～……やっぱり冷静に返してくるよねー。もうちょっと慌てた声が聞きたかったのに……まぁ、それは、おいおい聞ければいいかな』

これは冷静に返したんじゃなくただ諦めただけなんだけど、どうやら彼女には冷静に聞こえたようだ。

「七海さん、映画好きなんだよね？　今ってどんな映画が公開されてるの？　僕その辺詳しくなくて……教えてもらえないかな？」

『そうだね、ちょっと前ならアメコミ映画の最新作を見たいなーって思ってたんだけど、ちょっと思うところあって、話題になってる恋愛映画が見たい気分なんだよね。でも、それって結構エッチなラブシーンとかあるらしいから敬遠してたんだけど……』

「じゃあさ、今度の土曜日……それを一緒に見に行かない？」

『え……？』

いや、『え？』は僕も僕自身に言いたかった。僕は今何を言った？　なんでいきなり誘ってるんだ、僕。

それに、今の会話の流れだと『結構エッチなラブシーンのある映画を彼女と見たい男』という最低な絵面になってしまっていないだろうか。

反射的に出た言葉に七海さんも沈黙してしまった……とにかく何か言わないと！

「あ、いや、違うんだよ。エッチなシーンを七海さんと見たいとかじゃなくて、ほら、これからもお弁当作ってくれるって言ってたでしょ？　だからせめてものお礼に、僕に映画くらい奢らせてほしいなって思って、だから、そんな変な意味で言ったんじゃないんだよ、七海さん？　聞いてる？　聞いてます？　おーい？」

僕の言い訳に返ってくるのは沈黙だけで……ちょっと……いや、だいぶ焦ってくる。まだ付き合って一日しかたっていないのに、早くもやらかしたか？

僕が絶望的な気分になっていると……スマホ越しから彼女の笑い声が聞こえてきた。

『プッ……アハハハハ、やっと陽信の慌てた声が聞けたよー。うん、変に冷静な声よりもそういう陽信の方が私は好きだなー。可愛い。大丈夫だよ、分かってるから。ただ……』

ちょっとだけ声のトーンを落とした七海さんは、僕に申し訳なさそうに言葉を続けた。

『その映画、土曜日に初美と歩と一緒に見に行く約束しちゃったんだ。誘ってくれるって分かってたら、先に陽信に電話すればよかったね……』

悲しそうな彼女の声に、僕は作戦の失敗を実感した。そうか、女子同士で見に行くなら仕方ないよね、先約を優先するのは当然だ……。

……いや、バロンさんも言ってたじゃないか。『僕から誘う』のが重要だって。

ここで挫けてどうする？　だったら僕が取るべき行動は……一つしかないだろう！

「……日曜日」

『え？』

「日曜日は空いてますか？　だったら僕とは日曜日に映画に……映画館にデートに行きませんか？　もちろん、お弁当のお礼ですから僕が全部出しますし……僕が七海さんの好きそうな映画を調べるので……それを一緒に見ませんか？」

勢いと焦りから思わず敬語になってしまった僕の言葉に、またもや沈黙が返ってくる。

……これを断られたら、たぶん、だいぶ凹む。下手したら三日は凹む……。いや、一週間かな……？　それくらい、僕はなけなしの勇気をふり絞ったんだ。

日曜日は、僕がやっているソシャゲのチームイベントの最終日。一番イベントが盛り上がる日だ。だけど僕はそれよりも、七海さんを選ばせてもらう。

たっぷりの沈黙の後、少しか細い七海さんの声がスマホから聞こえてきた。

『お弁当のお礼……なんだよね……。そのデート？』

「はい、もちろんです。だから明日から、七海さんの好みとか、好きな映画とか、色々僕に教えてください」

『……じゃあさ、私は明日からもっと気合い入れてお弁当作んないといけないね。陽信に美味しいって思ってもらえて、お礼してもらえるに十分なお弁当を作ってあげるね』

「それじゃあ……」

『うん……日曜日、デートしようか』

僕はスマホ越しに叫びたいのを我慢しつつ、でも大きな声で「はい、しましょう！」と返事した。

たぶん今の僕は最高に気持ちの悪い笑顔と、気持ちの悪い動きをして身体全体で喜びを表現している。それが彼女に悟られないのが救いだ。

『……じゃあ、そろそろ寝るね。……おやすみなさい、陽信』

「おやすみなさい、七海さん」

そうして僕はスマホの通信を切った直後に……またバロンさん達とのチャットアプリを起動する。

そこには僕が彼女とどんな話をしているのか予想が書かれていたのだが、僕は即座にバロンさんに向けてメッセージを送った。

「バロンさん……女子と夜に会話するって……凄いんですね……僕、興奮して寝られるか分かりません」

『何を話したの何を……。君もやっぱり、彼女を通して女の子慣れした方が良いね』

「あと、映画なんですけど土曜日じゃなくて日曜日に一緒に行くことになりました。だから日曜日のゲーム内イベント、参加できません。ごめんなさい」

『あぁ、全然それは構わな……ってえぇ?! もう映画に誘ったの?! 僕から焚きつけといてなんだけどさ展開早すぎない？ 大丈夫？ 無理しすぎてない？』

バロンさん……僕もそう思います。でも、悔いはありません。

「大丈夫です、無事にデートに誘えました！ バロンさん！ 僕はやってやりました!! 男を見せましたよ!!」

『あぁ、うん。随分テンション高いね……もしかして結構勢いだけで誘ってみた感じ？』

「何言ってるんですか！ 僕は冷静で正常ですよ！ さぁ、日曜日のデートに向けて頑張ります!!」

『あー……うん、ほどほどにね……』

少しだけ呆れたようなバロンさんの言葉と対照的に、僕の気持ちは一人盛り上がっていた。

どうやら今夜も寝不足になってしまいそうだ。

幕間　彼女の変化

『おやすみなさい、七海さん』

さっきまで話していた陽信の言葉が今も耳に心地良く残っていて、私はそれを反芻していた。男子と話すのは初めてというわけじゃないし、苦手だったはずなのに彼との会話はドキドキさせられっぱなしだ。

まるで耳元に陽信がいるみたいで、電話ってなんて凄い発明なんだと、私は顔も名前も知らない電話を発明してくれた人に感謝する。

……よく考えると男子と二人だけで話すのは初めてか。しかもこんな夜に部屋で。

「なにこれー、ヤーバーイー！　ヤバすぎるんだけど!!」

ベッドの上でうつ伏せになりながら足をバタバタと動かす。別に意味はないのだが、何か動いていないと落ち着かない自分がいた。

もう、ダメだ。なんだか自分の気持ちが制御できない。本当に落ち着かない。ふわふわする。熱を出した時みたいにポーッとする。

「これじゃあ、初美と歩に反論できないじゃん――……」

今日は朝から信じられないことの連続だった。

朝、待ち合わせ場所に早く着きすぎてどう時間を潰そうか考えていたら、彼はすぐに私のところに来てくれた。

変えた髪型に気付いてくれて、照れながら可愛いって言ってくれた。私はそんな陽信の方が可愛いと思ってしまった。

可愛いって言われて思わず自分から手を繋ごうと提案してしまった。内心では何でいきなりそんなこと言ってるのとパニックだったんだけど、触れた彼の手にそんなことはどうでもよくなった。

握られた陽信の手の温かさを心地良く感じつつ、私は自身の初めての経験にドキドキしていた。……手汗とか変に出てなかったよね？

陽信をお弁当に誘った時は本当にドキドキした。初美に言われて、もしも陽信がお弁当だったらどうしようって焦ったけど、陽信がお弁当じゃなくて安心した。

嫌いなものとかないかな？　手作りとか平気かな？　とか後から色々と聞いておけば良かったことが次々思い浮かんで、誘ったのは良いけど凄く緊張しちゃった。

他にもほっぺをつつかれたり、一緒にお弁当を食べて、なんでか、『あーん』なんてしちゃったり。

なんで私『あーん』なんてやっちゃったの?!　でも一度やったら引っ込められないし。食べてくれるまで、内心で陽信お願い！　早く食べて!!　周囲の視線が痛いのと、自分でやっといてなんだけど恥ずかしいの!!　って焦りまくってた。食べてくれてホッとしてお弁当の続きを食べたんだけど……。

よくよく考えたらあれ、間接キスじゃない?!

うわー、今気づいたよー……。そして今更、恥ずかしくなってきちゃった。私は、熱くなる両頬を押さえてベッドの上でまんまるくなる。

陽信も言ってよー……間接キスだねってー……。

いやダメだ、そんなこと言われたら恥ずかしさできっと死んじゃう。陽信も絶対そんなこと自分から言わないだろうし。

……そもそも陽信は気づいてるのかな？　あれが間接キスだって？

そして今日の最後、放課後なんてお買い物デートまでしちゃったりしたし……。お買い物デート、初めてのデートってことなのかな？　ちょっと違うかな？

全部が全部、私にとって初めてのことだ。まぁ、彼氏ができたのも初めてなのだから当然だけど……。

罰ゲームで告白した彼氏だというのに……私は陽信と一緒にいるのがたまらなく楽しい。……もっと一緒にいたいと思えるくらいに。

その事に罪悪感があるのはどうしても拭えない。でも……。私はチラリと、部屋にこっそりと置いている、陽信用のお弁当箱を見た。

彼に買ってもらった……私の宝物だ。

いや、買ってもらったってのはちょっと違うかな。よく考えると、彼が自分で買うと言うのは心情的にも分かる話で……なんだかふわふわと舞い上がりすぎて、言われるまで気づかなかった。

でも、それでも、なんだか陽信からプレゼントをもらったみたいで、今も台所に隠すんじゃなくて、こっそりと部屋に置いている。

これから毎日、私はこのお弁当箱に、私の手料理を詰め込んで彼に渡すんだ。

それがたまらなく幸せに思えてならない。

『愛妻弁当だー？』

途端に、ニヤニヤとした初美と歩の笑顔が頭の中に思い浮かぶ。

「まだ愛妻じゃないから！」

ベッドの上でガバリと起き上がった私はそこにいない二人に言い訳をする。うぅ……あの二人が変なこと言うから……。

料理は愛情だというのだから、確かに愛情は込める。愛情は込めるけど……それはお母さん達と同じくらいの愛情だ……。同じくらいの愛情の……筈だ……。

考えれば考えるほどに頬が熱くなり、また私はベッドの上で身悶えする。

『いや、何があったのさ？　あんだけ男子はちょっと怖いって言ってた七海が手を繋いで登校って……』

『うらやましぃぃ〜。私も彼氏と手繋ぎ登校したいにゃ〜……無理だけど……』

今朝、初美と歩に状況を尋問された時に言われた言葉だ……初美、そんなのこっちが聞きたいよ。

歩は私と陽信が手を繋いで登校したのが羨ましいようだった。

確かにただの登校なのに……すごい楽しかった。

いや、友達との登校も楽しいけど、また違った楽しさだった。歩はこれを自分ができないのに、私がやってるとか……羨ましがるよね確かに。

とりあえず私は、昨日あったことを全部説明した。陽信が私を助けてくれたことも含めて、全部。二人はそれを黙って聞いてくれていた。

『へぇ……やるじゃん簾舞。そこで助けられてガチ惚れしちゃったわけですかー、七海さんはー。いやー……そっかー。いや、ウチ等の心配ってガチで当たってたんじゃね？　チョロすぎで心配で、七海残して専門行けそうになかったって』

『七海はチョロチョロさんだね～、ほんとほんと……。でも、やっぱり簾舞を選んで正解だったねー。予想外にいざって時に頼りになりそうだし、七海にはお似合いだねぇ』

チョロいとは失礼な。

ただ、陽信を褒められたのが嬉しくて、私はその後も彼の事をさんざん二人に語ってしまっていた……。まだ付き合って二日目のくせに……。

喋りすぎて我に返った私を二人はニヤニヤと……でも安心したように見守ってくれていた。なんだかあれは、罰ゲームの報告というよりも……。

「普通の恋バナだったよね……？　初めてしたなぁ、三人で恋バナ。楽しかったなぁ」

陽信に連絡する前も三人で喋っていた。

三人での恋バナ……主に私がしゃべりすぎてた気もするけど……二人は私の言葉をちゃんと聞いてくれていた。

そして、もっとグイグイ行っても良いんじゃないとか無責任なアドバイスを受けた。あれ以上は今の私には無理だから！

最終的には『惚気はもういいから簾舞に連絡してやりな』と言われてしまったのだけど、

そんなに惚気てたのかな私？

ちょっと恥ずかしい。

でも実は、陽信に連絡するまでしばらくかかっていたりする。

私は勇気が出ずにスマホの画面とずっとにらめっこしていた。陽信に連絡を取るかどうか……迷ってしまっていた。

迷惑じゃないかな？　もう寝てるかな？　とかそんなことを考えていた。でもなんか声が聞きたいし……どうしようと迷って……結局メッセージでワンクッション置くことにした。我ながらヘタレてしまったと思う。

陽信は自分から電話をかけてくれて、それも嬉しかった。

それから陽信と話してたら……彼は私をデートに誘ってくれた。

学校では大人しいのにすごくグイグイ来る彼に、私は圧倒される。……でも嫌じゃない。

残念だったのは土曜日は先約があることだった。

慌てる声を出す彼が可愛くて表面上は余裕あるフリをしたけど、内心ではドキドキしてたし、土曜日にデートできないことは残念だった。

だけどそこで彼は止まらない。なぜか急に敬語になって、改めて日曜日に私をデートに誘ってきてくれた。私の出す答えは決まりきっていた。

でも本当は、日曜日のデートは私から誘おうと思ったのに……うかうかしてたら先を越されてしまった気分だ。それがちょっと悔しいな。

でも、陽信からデートに誘われた。その事実がたまらなく嬉しい。

嬉しすぎる。

なんでこんなに嬉しいの？

デート……。今日の放課後のお買い物を除いたら初デートになるのかぁ……日曜日は初デート……。浮つく気持ちが止められない。

「明日のお弁当は気合い入れないとなぁ。あ、でもまだ、お母さん達にはバレないようにしないと……」

それにしても陽信は律儀だなぁ。お弁当のお礼なんて気にしなくて良いのに。あれは私が好きでやって……。

好きで？　誰が好きで？　いや、私は料理が好きで、そして彼女の練習としてやってるだけだったはずなんだけど……。そのはず……だったんだけど。

……我ながら、無理のある言い訳だと自覚する。

ともかく、たまらなく浮かれる自分の心を律するように、私は明日のお弁当について考える。

陽信はハンバーグが良いと言っていた。飛び切り大きいのを焼いてあげよう。お弁当箱に入るかな？　卵焼きも好きかな？　そういえば、甘いのとしょっぱいのどっちが好きなんだろう……今日、好みを聞いておけばよかったかも。

ご飯はおにぎりにしようか、それとも……桜でんぶでハート形を作る……とか？

……うん、ハート形は私がちょっと恥ずかしくて作れないし、万が一見つかった時に何を言われるかわからないから……おにぎりにしよう。

香草系以外はなんでも食べられるって言ってたけど……色々あって好みを詳しく聞く余裕が持てなかったからなぁ……。

明日はもっといろんなことを話したい。陽信の事はたくさん知りたいし、私の事はたくさん知ってほしい。

でもそうなると……。

「一ヶ月って……短いなぁ……」

自分でも知らないうちに呟いていた。

『無理に付き合い続ける必要はないけど、別にそのまま付き合い続けちゃったっていいんだよ？』

この罰ゲームを提案された時に言われた言葉だ。私も最初は、一ヶ月も付き合わなきゃいけないのかと思って憂鬱になっていた。

そもそも相手の男子にも悪いし……その間に何をしていいかわからなかったからだ。

でも今は違う。一ヶ月をとても短く感じている。たった一日で、気持ちってこんなに変わるのかと、私自身が驚いている。

タピオカとか陽信と一緒に飲んでみたい。きっと彼は飲んだことがないだろから、色々教えてあげたいな。

私の料理をもっと食べてもらいたい。お弁当だけじゃなく、作りたての温かい料理を食べてもらいたい。美味しいって言ってほしい。

……その場合……私は……彼の家に行くのかな？　考えただけで緊張する。

付き合い続ければイベント事だって沢山あるんだ。

お祭りとか一緒に行くのも楽しそうだし、夏休みは海にも行きたい。ハロウィンに、クリスマスやバレンタインだって……。

やりたいこと、やってあげたいこと、やってほしいこと……それを考えると本当に一ヶ月は短いと感じられてしまうのだ。

『キスは明日しちゃうの？』

「まだしないから！　できないから！」

再び頭の中に出てきた初美と歩に反論する。

そんな感じで一人で叫んでベッドの上でバッタンバッタン暴れていたらお母さんに注意されてしまった。いけないいけない……冷静に冷静に……。

陽信は私と違って冷静だったなあ……学校での彼はおとなしいと思ってたけど、実は大人っぽかったってことなのかな？

きっと私が、電話中も内心ドキドキで緊張しているのなんて知らないんだろうな。

そういえば、改めて誘ってくれた時になんで敬語だったんだろ？　もしも私と同じように実は緊張してたなら…おんなじで嬉しいかな？

一ヶ月後……私はどうしたいのだろうか？

これがバレて陽信が私から離れていったらと思うと……とても怖い。考えただけで、泣きそうになっちゃう。

「……私って、チョロいのかなぁ？」

答える人のいない質問は、そのまま私の中だけで消化されていく。

そんなことはきっとない……私はチョロくない……と思いつつも……今も陽信の事ばっかり考えている私は、二人の言葉に反論できないということだけは自覚していた。

だから私は一つのことを決めた。二人のアドバイス通り……グイグイ行くのだ。

「陽信には私の事を大好きになってもらおう!!　胃袋掴んで！　いっぱい遊んで！　……キスはまだ恥ずかしくて無理だけど！　そうすれば、私から離れていかないはず！」

我ながら最低だとは思う。

これが罰ゲームから始まったものだと分かっても陽信が許してくれるように……その前に彼の心を完全に掴むのだ。

陽信には、私をメロメロに好きになってもらうんだから。……まだ打ち明ける勇気が持てない私にできる、これが精一杯の努力だ。

「そうと決まれば明日もお弁当作りだ！　うん、気合い入れるぞー！」

ベッドの上に立ち上がり騒いでいたら、またお母さんに怒られた。　でも、方針も決まったし、もう私に迷いはない！

そして、私はそのままベッドに潜り込んで眠りにつく。良い夢が……陽信の夢が見られるといいな。

いや、待って私。夢の中でもって……。やっぱり、私ってチョロいのかな……？

第三章 挑戦者は現れる

僕は自分の昨晩の行動に悔いはないと思ってたんだけど、実際には朝には早速悔いてしまっておりました。我ながら後悔が早すぎる。

「夜のテンションって怖いわー……」

ベッドの上で起き上がり、頭を抱えながら呟いた。なんで僕、夜にいきなり誘ってるのさ。めちゃめちゃガッついてる男じゃないか。

誘ったこと自体には後悔はない。

後悔してるのは、男子に慣れてない七海さんを怖がらせてしまったかもしれないという点だ。勢いに任せたことを大いに反省せざるを得ない。

でもまぁ、少なくとも声色は嬉しそうだった……と思いたいから、誘ったのは失敗ではなかったとしておこう。

それでも、今日は会ったらその辺りを謝罪しよう。

とりあえず気分を切り替え登校の準備をすると、珍しく母さんが居間にいた。既に出社してると思ったのだが、珍しいな。

「おはよう、母さん」

「おはよう。昨日といい今日といい……随分早いわね陽信。何かあったの？」

……鋭いな。もしかしたらそれが聞きたくて、出社せずに僕を待ってたのかな？

僕は素直に「彼女ができた」とは言えず、学校にちょっと用事があってねと先日と同じことを言って適当に誤魔化して、今日の昼食代を久々に手渡しで貰ってそのまま登校する。

出がけに母さんが声をかけてきた。

「土曜日は父さんも母さんも夜は一緒に食事が取れそうよ。だけど二人とも、日曜に朝から出張でね……悪いけどご飯は一人で食べてね」

「あぁ、分かったよ。いってきます」

「いってらっしゃい」

久々に朝の挨拶を交わすと、僕は七海さんとの待ち合わせ場所へ移動する。彼女との待ち合わせ時間は七時半だけど、僕は三十分前に着くようにしていた。

時間については昨日話したのだけど、流石に一時間前は止めようということになった。お互い、寝不足で体調が悪くなったら元も子もないしね。

だからか今日は三十分前に着くように移動して……待ち合わせ場所には僕の方が先に着

いたようだった。

「良かった、これなら待たせることはないかな」

「残念、もう着いちゃってますー」

背後からの声に驚き身を震わせ振り向くと、そこには笑顔の七海さんがいた。

今日は昨日の編み込みプラスサイドポニーの髪型で、それも確かあのキャラの髪型だった気がする。わざわざ変化を付けて来てくれたのか……なんか嬉しいな。

「おっはよー、陽信。早いねー。私は先に来て遅ーいって文句言うのやってみたかったんだけどなー」

そんな可愛いことを考えていたのか。いや、そんなことよりもなんで僕はいきなり驚かされたのだろうか？

なんとなく聞いてみたら、彼女は昨日ビックリさせられたお返しと言ってきた。確かに昨日、ほっぺたを突っついて驚かせちゃったもんな僕……。納得だ。

いや、それよりも言わなければならないことが僕にはあるようだ。七海さんのどこか期待した目を見れば分かる。僕も覚悟を決めなければ。

「おはよう七海さん。……その髪型も似合ってて……か……か……か……可愛いね」

言えた。

今日は言えたぞ。すんなりとはいかないけど言えた。そして七海さんのご満悦の表情を見るに、僕の答えは正解だったようだ。

「ありがとー。そんな君には私と手を繋いで登校する権利と、今日のお昼のお弁当を進呈します」

「……ありがたき幸せ」

七海さんは僕の返答に満足したようで、極上の笑みを浮かべている。さっきから……なんだろう、彼女の対応が昨日と違ってどこか余裕そうだ。

いや、これは余裕というよりもテンションが高いというべきか？

何か良いことがあったのかな……？　まぁ、彼女が楽しそうならそれでいいか。僕も嬉しくなる。

僕等はそのまま、昨日と同じく手を繋いで登校する。

昨日より人が多いが、昨日より奇異の目で見てくる生徒が少ない。いよいよ、噂が浸透したのだろうか。変なこと起きなきゃ良いけど。

「そうだ、七海さん。……昨日はごめんね、いきなり誘っちゃって」

僕の言葉に、彼女は頬に指を当てて首を傾げる。可愛らしい仕草にちょっと、いや、だいぶ僕はドキドキさせられてしまう。

「なんで謝るの？」

「いや、ほら……七海さんって男子に慣れていないんでしょ？　昨日は勢いに任せて誘ったから、怖がらせちゃったら申し訳ないなと思って……」

　僕の謝罪を受けて、七海さんは頬に当ててた指を口元に持ってくる。どこか色気のある所作に、道行く男子達も見惚れているようだ。

「んー……大丈夫だよ。確かに男の子には慣れてないし、ちょっと怖いけどさ、陽信からのお誘いは嬉しかったよ……うん、とっても嬉しかった」

　彼女はそう言ってはにかんだ笑顔を向けてくれた。もしかして、さっきからテンションが高いのは僕がデートに誘ったからだろうか？

　それくらいは自惚れてもいいだろうか。もしもそうなら、それだけで僕はとても救われた気分になるんだけど……。

「あれ？　でも私……男の子に慣れてないってこと、陽信に言ったっけ？」

　僕は自分の失態にそこで気づく。

　彼女は僕に対して男子に慣れていないことを告げていない。その情報は、僕があの日に偶然に得た情報だ。

　あの日……罰ゲームを盗み聞きしてたからとは言いにくい。というか絶対に言えない。

「……ほら、昨日さ、男子と付き合うの初めてって言ってたじゃない。七海さんくらい可愛い人が初めてってことは、実は男子には慣れてなかったのかなーって思っただけだよ、予想が当たったみたいだね」

僕はちょっと早口で捲し立てるように言って誤魔化した。

ついついごまかすためとはいえ可愛いとまた口にしてしまったのは非常に照れ臭いが、彼女は「可愛い……」と呟いて頬を赤くしている。

うん、問題なく誤魔化せたようだ。

でも、なんで七海さんは男子が苦手なんだろうか？

これくらい可愛い人なんだから、むしろ男子なんていくらでも手玉に取れそうだけど。過去に何か嫌な思いをしたんだろうか……？

もしそうなら、僕で少しでも男子に慣れてくれればいいんだけど。世の中、変な男子ばっかりではないんだから。僕が変じゃない男子だとは言いづらいけど。

「あ、別に深刻な理由があるわけじゃないから安心して。ちょっと……なんとなく苦手っていうか、怖いっていうか……そんな感じなだけだからさ」

彼女は僕の顔を覗き込むようにして、安心させるように僕の頬を突っついてくる。これは昨日の意趣返しだろうか？

そのまま僕の頬をつつきながら、七海さんは言葉を続ける。感触が気に入ったのかな？

「小学校の頃って、私よく男子に意地悪されたんだよね。でも、そこまで怖いとか苦手意識はなかったんだけど……六年生くらいから、急に怖い感じになっちゃってさ……」

それは男子特有の好きな子に意地悪するというあれだろうな。子供の頃の七海さんも、きっと可愛かったんだろうな。

いや、それよりもだ……。

「……よく、僕の考えてることが分かったね？」

「まだ三日目だけど、彼女ですから」

得意気に胸を張る彼女に、僕は空いている方の手で自分の顔に触れた。そんなにわかりやすく顔に出てたかな？

だったら気を引き締めないと。罰ゲームを知ってることを、絶対に知られちゃいけない。

しかし……七海さんが胸を張ったらすごいことになるな。シャツオンリーだからなんていうか……揺れの暴力というか……ちょっと、これだけで今日一日の元気が満タンになる気がする。

そんな僕の視線に気づいたのか、彼女は身を捻って片手で胸部を隠してしまった。しまった、七海さんはこういうのは嫌だったろうに、謝らないと。

そう思った瞬間だった。

「……えっち」

頬を染めながら半眼で告げるその一言の破壊力はすさまじかった。

僕は悶えそうになるのを必死でこらえながら、人生で一番じゃないかってくらい謝罪したのだけど、それがさらに僕を悶えさせることになるとは、全く予想もしていなかった。

「男子の視線は嫌だけど、陽信の視線はなんでか嫌じゃないから……許してあげる」

……その一言は反則です七海さん。

他の男子は嫌なのに、なんで僕だけ大丈夫とか言ってくれるんですか。どれだけ僕を悶えさせたら気がすむんですか。

僕は動こうとする身体を必死に抑えながらも、なんとか教室へ到着する。僕は今日は質問攻めにあうことはなかったのだが、七海さんはまたもや音更さんと神恵内さんの二人に、どこかに連れて行かれていた。

罰ゲームの進捗でも確認しているのだろうか？　大丈夫、今日も七海さんは完璧でしたよと僕はあの二人に言いたい。

ほどなくして、話が終わったのかニヤニヤとした笑みを浮かべる音更さんと神恵内さんと、顔を真っ赤にした七海さんが教室に戻ってきた。

……音更さんと神恵内さんは僕にもそのニヤニヤとした笑みを向けて来ていた。七海さん、何を話したのかな？

そうして実害がないままに授業は進み、あっという間にお昼の時間となる。僕が楽しみにしていたお昼だ。

お昼が楽しみと僕が思うなんて……と感慨深くなってしまったのが悪かったのか……。

事件はそのお昼休みに起こった。

お昼休み、七海さんは僕用の青いお弁当箱を嬉しそうに手渡してくれる。昨日一緒に買ったあのお弁当箱だ。

そのお弁当の蓋を僕はゆっくりと開けると、僕は感激する。

キレイな黄色い卵焼きに、少しだけ焦がして香ばしさを出したウインナー、ほうれん草と人参の炒め物、メインには大きなハンバーグが二つも入った、幸せを具現化したようなお弁当……当然写真は連写で撮った。

「これだけの量なら足りるかな？」

「十分です。ありがとう七海さん。今日も美味しそうです」

「良かった。でも、そうなると足りなくなった時にあーんってしてあげられないねぇ」

その言葉に僕は昨日の事を思い出し赤面するのだが、同時に七海さんも思い出して頬を染めていた。

僕を揶揄うつもりだったようだが、完全に自爆である。小さい声で「ごめん、なんでもない」って訂正しているし。

そんな風に僕等が談笑しながらお弁当を食べ進めていると……一つの大きな影が僕等の前に突如として現れる。

「失礼……七海君。今ちょっといいかな?」

「彼氏とお昼を食べているので良くないです。標津先輩」

影の正体は人で、僕等の目の前には長身のイケメンが立っていた。

かなりでかい。僕が座ってるから余計に大きく見える。百九十センチ近くあるんじゃないだろうか? 彼は何もしてないけど目の前で立っていられるだけで威圧感があり……ちょっと怖い。

僕と七海さんの身長は同じくらいだ。男の僕で少し怖いのだから、彼女はもっと怖いかもしれない。

だから僕は、座っている位置を七海さんに近づけ、ほんの少し彼女に身体をくっつける。

無言で驚く彼女を尻目に、僕は自分の隣を指差した。

「先輩、立ち話もなんですしここに座ってください。僕の隣、スペースありますから。あと、もう少しでお弁当食べ終わるんで、それまで待ってもらえますか？」

「ふむ……君は？」

「僕は簾舞陽信と言います。七海さんの彼氏をやらせてもらってます」

　僕の一言に先輩の頬がピクリと引きつった。先輩は少しだけ迷うそぶりを見せるのだが、先輩に一瞥もくれない七海さんをチラリと見てから、素直に僕の隣に腰かけた。

「七海さん、こんなに大きなハンバーグよくうまく焼けるね。僕も前に気まぐれで料理を手伝ったことがあるんだけど、中が生焼けでさ。結局、二つに割って焼いたからパサパサになっちゃったよ」

「そんなに難しいことはしてないよ。大きいけど厚さはそうでもないでしょ？　後は火加減とか気を付けたり、蒸し焼きにしたりすれば誰でもできるよこれくらい」

「卵焼きも綺麗だよね、甘さもちょうど良くて好きだよ」

「本当？　良かったー。うちってお父さんが出汁の入った卵焼きが好きなんだけどさ、他はみんな甘いのが好きで、いっつも二種類作るの面倒なんだよね」

「わざわざ二種類作ってるの？　お父さん思いだね、七海さんは」

「そんなこと……」

僕は素直に思ったことを口にしたのだが、七海さんはプイとそっぽを向いてしまった。

本当に、良い子だなこの子は。微笑ましくなった僕は、思わず笑顔を浮かべる。

「話の途中すまない、簾舞君……だったかな？　一つ聞かせてもらえないか？」

「なんです？　先輩？」

唐突に口を挟んできた先輩は、僕のお弁当を凝視していた。

もうほとんど残っていないお弁当だ。あと残っているのは、せいぜいが卵焼きとハンバーグひとかけくらいなのだが……。

お昼、食べてから来なかったのだろうか？

「もしかして……もしかしてなんだが……そのお弁当は七海君の手作りなのかな？」

「へ？　……そうですけど？」

僕の言葉に先輩の目がこれでもかというくらいに見開かれる。そして先輩は、突然口を挟まれたからか少し膨れている七海さんと、僕のお弁当を交互に見ていた。

……なんだか嫌な予感がしたので、僕は先輩に構わず最後に残った卵焼きとハンバーグを頬張った。

「あぁ……くそう……ちょっともらいたかったのに……」

やっぱりか。言う前に頬張って正解だった。いや、言われたところであげる気はなかったが。これは僕のだ。一欠片(ひとかけら)たりとあげるものか。

「ごちそうさまでした。今日も美味しかったです」

「お粗末様(そまつさま)でした」

昨日と同じやり取りをすると、僕はお弁当箱を七海さんに渡してから先輩に身体を向けた。七海さんを背にして、先輩から隠すように。

「それで先輩、何の用事ですか？」

「いや、用事があるのは君ではなく七海君の方なんだが……いや、君にも関係あるか」

「僕にも？」

そう言うと先輩はベンチから立ち上がると、再び僕等の前に移動する。

そして、腕(うで)を組んで少し不機嫌(ふきげん)そうに僕と七海さんとを交互に見ると……僕の方を横目で見ながら七海さんに対して口を開く

「七海君……君は僕よりもこの男子の方が良いと言うのかい？」

「そうですけど。あと先輩、私の事を七海って呼ばないで苗字(みょうじ)で呼んでください。名前で呼んでいいのは、彼氏である陽信だけです」

あっさりとぶった切られた先輩は、七海さんに睨(にら)まれる。

　そして、プルプルと震えながら顔を真っ赤にすると、今度は僕の方を指差しながら体育会系らしく腹の底から周囲に響くような大声を発する。

「勝負だ、簾舞君！　僕が負けたら二人の交際を認めよう!!　だが、僕が勝ったら七海君を貰うぞ!!」

「え、嫌ですけど」

　僕があっさりと断ったことで、先輩は指を指したままのポーズで固まった。何でそんな勝負受けると思ったんだろうかこの人は？

「あ、陽信……ほっぺたにおべんと付いてるよ？」

「へ？」

　七海さんはそう言うと、僕の頬にくっ付いていたご飯粒を取って……自分の口にパクリと入れた。まるで先輩にその行為を見せつけるように。

　その思いがけない行動に、僕も先輩同様に固まってしまう。そんな僕を見て、七海さんは照れ臭そうに笑った。

　その硬直から解放されるのは先輩の方が早かった。

「しょ……勝負を断るとはなんと情けない！　やはり君のような腰抜けに七海君は相応しくない!!　もしも、腰抜けじゃないというなら勝負を受けたまえ!!」

その先輩の叫び声で、僕もなんとか硬直から抜け出すことができた。だけど僕の関心は先輩ではなく七海さんだ。

いきなり何してるの七海さん⁉　顔真っ赤にして恥ずかしがってそっぽ向いちゃうならやらなきゃいいのに可愛い！

……よし、七海さんはこっちを向いてくれないし、まずは先輩の相手をして気分を落ち着けようかな。

「先輩、勝負に彼女を賭けるとか昔のドラマや漫画じゃないんですから。それに、大事なのは七海さんの気持ちでしょう？　そもそも一度フラれている先輩がそれを無視して、僕等だけで勝負しても何の意味も……」

「正論を言うなぁ！　正論というのは時に悪口よりも人を傷つけるということを知りたまえ‼　そんなことは僕が一番よく分かっているんだよ‼」

耳を押さえながら叫ぶ先輩だった。正論だって分かってるんじゃないか。何とも自分勝手な先輩である。

この人は確か、標津翔一先輩だっけ。過去に学校の集会とかで紹介されていた、僕でも知っている、バスケ部の主将を務めているイケメンさんだ。

全国的にも有名な選手らしく、七海さんにフラれたイケメンの一人だ。

僕が彼女と付き合い始めたという話を聞いて、きっと体育会系のノリで勝負を吹っかけてきたのだろうが……僕には勝負を受けるメリットがない。

この人に認められなくても僕と七海さんは交際を続けるし、勝ったから貰うなどと、賞品のように七海さんを扱う人に彼女を渡したくない。

たとえ罰ゲーム期間中の恋人とは言え、今の七海さんが僕の彼女であることには変わりないのだ。

それに、僕は七海さんに好きになってもらわなきゃいけない。余計なことに構う時間はない。

だから重ねて言うが、この勝負を受ける意味は僕にはない。

まぁ……負けた時のデメリットが大きすぎるし、普通の神経をしてたら受けるわけがない勝負だよね。

なんでそれを受けると思ったのだろうか？　この先輩は。

「陽信、もう行こう」

「そうだね」

顔の赤みが引いた七海さんと僕が教室に戻ろうとしたところで、その背に先輩は憤慨したように大声を浴びせる。

「あぁ！　待ちたまえ!!　七海君もこんな小さくて地味な男子のどこが良いのだ?!　少なくとも、見た目は僕の方が良いじゃないか!!」

それを言われては、僕としては返す言葉がない。確かにこの先輩……顔はかなり格好良い。背も高いし、モデルのようだ。

僕のことを小さくて地味と言うのは悪口でも何でもなく、事実を端的に表している。並んだらきっと十人中十人は先輩を選ぶだろう。それくらい絶望的な戦力差だ。だから特に腹も立たない。

……しかし、七海さんはそんな先輩の言葉に激昂した。

「それ以上、陽信を侮辱するなら先輩とはもう友達としても絶交です！　学校で話しかけられても無視します!!　先輩なんかより陽信の方がよっぽど良い男です!!　そんなこと言う人大っ嫌い!!」

先ほどまでの笑顔とはうって変わった、怒りに満ちた彼女の表情を僕は初めて見た。いや、今までに彼女が怒った表情を見た人はいるんだろうか？

しかもそれが、僕のためにだ。僕自身すら怒っていないことを怒ってくれたことを、嬉しいと感じてしまうのは浅ましいことだろうか。

って、いきなり先輩が膝から崩れ落ちたんだけど……。長身だから、普通の人よりも膝に対して深刻そうなダメージを窺わせる鈍い音が周囲に響く。

「だい……だいっきらい？　僕が……大っ嫌い⁉　七海君に……大っ嫌いって……」

メンタル弱くない先輩⁉　いや、これは七海さんが言ったから効いたのだろうか？

「先輩なんて告白の時、私の胸ばっかり見てたじゃないですか！　分かってるんですからね‼　陽信は私の胸ばっかり見るなんて……」

そこまで言いかけて七海さんの言葉がちょっとだけ止まる。

僕が今朝、七海さんの胸をかなり見てしまったことを思い出してしまったのだろう。ごめんなさい、七海さん。そう思っていたら……。

「ないんだから‼」

言い切った⁉

朝の事をなかったことにして、見事に言い切った七海さんである。

そして、両手を地面につけて絶望的な表情をした先輩を尻目に、僕の方をちょっとだけ見て悪戯した子供のように舌を出した。

嘘を吐いちゃったことに対するものなのか、それともそれは僕が胸を見てしまったことに対する可愛い抗議なのか……。

許してくれたとは言え、男性が苦手な七海さんには悪いとは思っている。でも、仕方ないじゃないか、人間は動く物に視線が行ってしまうんだよ。

そのまま立ち去ろうとする七海さんを、先輩は絶望的な表情で縋るように顔を上げかける。マズいと思った僕は慌てて素早く先輩と七海さんの間に入り、先輩と同じ目線になるようにしゃがみこんだ。

「七海さん、流石に絶交とかはやりすぎだよ。一応は、友達？　なのかな？　いや、僕としては……こんなに格好良い男友達が七海さんにいるのは不安で、正直嫉妬しちゃうけど。関わってほしくないけど。でも、流石にちょっと先輩が可哀そうかな」

「おぉ……簾舞君……」

先輩は間に立った僕に涙を流しながら視線を移す。うん、良かった。先輩の視線を僕に向けられた。

あのまま先輩が顔を上げてたら七海さんのスカートの中が丸見えになっていただろう。

僕だってまだ見たことがない……違う。

七海さんがスカートの中を見られて恥ずかしい思いをしなくて済んだことに、僕はホッと胸を撫でおろす。

「……陽信がそう言うなら……絶交とかまではしないけど……。あ、でも連絡先は教えてないから安心してね？」

少しだけ不貞腐れたように七海さんは口を尖らせてしまう。彼を庇ったことで拗ねさせてしまっただろうか。うーん……こういう時はどういうことを言えばいいんだろうか？ 気の利いた言葉は僕にはハードルが高い……。とりあえず、七海さんの事を素直に褒めておこう。

「うん、ありがとう七海さん。やっぱり優しいね、七海さんは。連絡先についても安心したよ」

「……惚れ直したかな？」

不貞腐れた顔からいっぺん、首を傾げて僕に綺麗な歯を見せながら笑顔を見せる。

……凄いカウンターパンチを喰らってしまった気分だ。それでも悪くない気分なのは不思議だけど、ここはどう応えるのが正解か。

……やっぱり、素直に言っておこうか。

「そうだね、惚れなお……」

「ふん、少しはやるようだね……ちょっとは認めてあげよう。しかし、完全に認めることはできないな。僕と勝負して彼女に相応しい男か証明したまえ」

僕が決心して言いかけたタイミングで、先輩が精神的に持ち直したのか立ち上がっていた。

見下ろされた僕は先輩を見上げながらため息をつく。七海さんも同じ気分だったのか、僕等のため息のタイミングはぴったりと一致した。

せっかく、七海さんに気の利いたことを言えるチャンスだったのに……。

「で？　勝負って……何の勝負をするんですか？」

「スリーポイント勝負だ。僕はバスケ部の主将を務めている。十本勝負は我が部の伝統なのだよ」

うわ、きったないなオイ。

バスケ部主将がバスケの勝負を挑むなよ。僕はバスケなんて授業でちょっとやった程度で、後は漫画とかの知識しかないぞ……。

七海さんも呆れたように先輩を目を点にして見ていた。まさか先輩がそんな勝負を挑むとは思ってなかったのだろう。

でも、先輩は勝負を受けなければ収まりがつかなそうだなぁ。仕方ない……明日も来られても嫌だしな……。

「分かりました先輩……勝負を受けますけど、その代わり三つほど条件を付けさせてください。僕はバスケ初心者なんですから、それくらいいいでしょう？」

「ん？　もちろんだとも。ハンデはいくらでも付けよう。なんでも言ってくれ」

だったら最初から自分の得意分野で勝負を挑まないで欲しい。まぁ、そんなことを言ってもこの人には無駄かもしれない。

たぶんこの人……馬鹿だ。先輩だからあんまり言いたくないけど、馬鹿なんだ。

だから僕が何の条件かを言う前に承諾する。……まぁ、バスケ部だから負けるわけがないって自信もありそうだけど。

とりあえず、言質は取った。

「一つ目……まず先輩のお手本を十本……いや、二十本ほど先に見せてください。それから、僕に先手を譲ってください」

「うむ、良いだろう」

「二つ目……僕が一本でも決めたら僕の勝ちとしてください。そもそもスリーポイントなんて打ったことないんで僕。逆に先輩は……そうですね、八本以上決めたら勝ちってことでどうです？」

「あぁ、良いぞ。それくらいはハンデとして当然だろう」

「最後三つ目……スリーポイントの結果はどうあれ、勝負の結果をどうするかは、七海さん自身に選択させてあげてください」

「もちろん良いぞ！　さぁ、僕が十本全部を華麗に決めて、彼女に僕を選んでもらおうではないか!!」

すっかり立ち直った先輩が、爽やかな笑顔を浮かべてその巨体に似つかわしくない軽やかさでこの場から立ち去って行く。

たぶん、体育館に行ったんだろう。昼休みはまだ時間があるし、昼のうちに勝負を終わらせてしまおうか。

七海さんと過ごす時間は減るが仕方ない。

「陽信、いいの？　勝負なんて……しかもバスケのスリーポイントって……」

「あぁ、うん。大丈夫だよ七海さん。なんて言うか……僕も七海さんを景品扱いする先輩にはちょっと怒ってるんだ。だからさ、七海さんは気楽に僕の無様なスリーポイントを見ていてよ」

先輩が華麗なスリーポイントなら、僕は無様なスリーポイントだ。だけど、負けるつもりはない。まぁ、あの条件なら負けないと思う。

「でも……負けたら私……」

不安そうに俯く彼女を安心させるように、僕はその肩に手を置いた。僕に触れられたことで、彼女は身を震わせてから顔を上げた。

……しまった、つい触っちゃったけど、まずかったかな？

あ、でもなんか七海さんの表情が安心したようなものになってるから……って七海さん？　肩に置いた手になんでほっぺた乗っけてくるの？

うっわ、手の甲が柔らか……。スリスリって……いや、じゃなくて言葉を続けないと。

「いや、僕は条件に付けたよね。勝負の結果はどうあれ、どうするかは七海さんに決めてもらうって。まぁ、七海さんがスリーポイントを見事全部決めた先輩にときめいちゃったら別だけど……そんなことないでしょ？」

……そんなことないよね？

内心でちょっと不安がる僕の言葉に、七海さんは少しだけ考えるそぶりを見せて……それから合点がいったように手をパンと打ち鳴らした。

「あぁ、あの条件ってそういう意味だったんだ」

「うん、まぁ先輩は最初に自分で言った、勝負に勝ったら七海君を貰うって言葉しか覚えてないんだろうね。あの人、言っちゃ悪いけど……馬鹿っぽい感じだ」

「あー……うん……バスケに関しては凄いんだけどねあの人……」

「そうなんだ……。じゃあいこっか、体育館」

僕はここで七海さんへと手を差し出した。

僕から手を出されたことにビックリした彼女は、それでもゆっくりと僕の手を取ってく

れる。それから僕等は二人で手を繋いで体育館へと移動した。

体育館に到着した時に、先輩が羨ましそうな、妬ましそうな目で僕等を見ているのが少しだけ楽しかった。視線は繋がれた手に集中している。我ながら性格が悪いとは思うが……。これくらいの精神的揺さぶりは良いだろう。

そして僕は嫉妬の目を向ける先輩と、スリーポイント勝負を実施した。当然、条件そのままに。彼は素直に、僕の言葉に従って勝負を受けてくれた。

その結果……。

僕の足元で先輩が先ほどと同じように、膝から崩れ落ちて両手を地面に付けていた。

「馬鹿な……馬鹿な?! 僕が負けただと……?」

「ええ……僕の勝ちです先輩。七海さんは僕の彼女……認めてくれますよね?」

悔し気な先輩はそれでも一度口に出したことを曲げることはしたくなかったのか……呆然とした表情で僕の顔と、僕の横にいる七海さんの顔を交互に見ながら……フッと少しニヒルに笑う。

「あぁ、負けたよ簾舞君……そして……茨戸君……。君たちはお似合いのカップルだよ。畜生、悔しいなぁ」

最後の最後、先輩は体育会系らしく爽やかな笑顔を浮かべ、大の字に寝転がりながら僕等を祝福してくれた。

僕はその笑顔を見て、ちょっと……だいぶ汚い手を使った自分を少しだけ恥じたけど、まぁ、この人も唐突に僕たちに勝負を吹っかけてきたしお相子ということで……。

僕と先輩はがっちりと握手を交わし、周囲で見ていた人たちは歓声を上げるのだった。

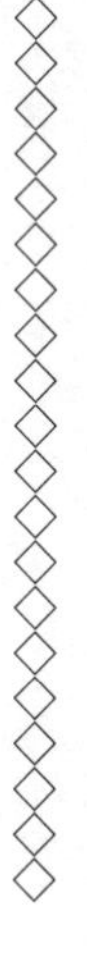

「とまぁ、こんなことがあったわけですよバロンさん」

スリーポイント勝負も無事終わり、帰宅した僕はバロンさんに今日の出来事を報告していた。

『いやー……今日もとても濃い一日を送ったみたいだねぇキャニオンくん。君、実はトラブルメーカーだったりする？』

失敬な。僕はきわめて平凡な男子高校生だというのに……。

でも、七海さんと付き合うようになってからは毎日が驚きとイベントの連続である。少し昔の僕が今の自分の状態を聞いても、決して信じないだろう。

学校でも指折りのギャル系美少女に、罰ゲームで告白されてお付き合いをする。……罰ゲームってところが、かろうじて信じられるポイントかな？

　でも、罰ゲームのはずだけどここ数日の僕は非常に幸せな気分に浸ってしまっているから、やっぱり信じられないかもしれない。

『でもまぁ、その場の雰囲気もあるんだろうけどよくやったよねぇ。何本か外したとはいえ、ほぼ三十対一の状態で勝ったなんて……バスケのスリーポイント対決だから、本来のスコアはほぼ九十対三かな？　あっはっは、大差も大差だね』

「まぁ、その場の雰囲気と、相手が負けたと思ってくれたからでしょうね」

　そう……僕は標津先輩との勝負には勝ったが、あれは普通に得点でジャッジすれば僕の惨敗なのだ。

　何せ僕は、スリーポイントを本当に一本しか決めていないのだから。

　僕は標津先輩との勝負の前にまず、二十本ほどお手本と称してスリーポイントを連続で見せてもらった。傍らで、ずっと見てやり方を教えてもらう……という建前で。

　本当は単に先輩の体力を少しでも削ることが目的だった。あとは、本番前に彼がリズムを崩してくれることを願って、僕の下手なスリーポイントに指導までしてもらった。

　部活の主将というだけあって、普通に面倒見がよくて申し訳なくなったが、とりあえず僕は投げ方を丁寧に教えてもらった。

そして僕は、最初の一投に全力を注いで……とにかく集中してその最初の一投を入れることだけを考えて……それは達成された。

完全にまぐれで、そのまぐれが最初の一投に来たというだけの話なのだけど、先輩の動揺は目に見て取れた。

追撃するように七海さんが僕に対して歓声を上げたのも、先輩の動揺を誘っただろう。だけど、それは僕も同様で、まぐれ当たりが続くわけもなく、そのあとの九投はすべて外した。最後の方なんてリングに届いてすらいなかった。

だって七海さんから一本決めただけで「カッコいい！　ステキー！　好きー！」とか言われたんだよ？　そんなの動揺するよ？

あれ、今思い返すと好きって言われてた僕？　……幻聴だったのかな？　まぁでも……その一投を決めたことで僕の勝利条件は満たされた。

一投でも入れれば僕の勝ちというハンデがあったから。少なくともこの時点で負けはない。普通なら良くて引き分けだ。

誤算があったとすれば、先輩はそのあと動揺をしていたはずなのにスリーポイントをほぼすべて決めたという点か。先輩は勝利条件の八本を余裕で決めていた。

二十本ほど投げたあとに、下手な僕の指導をして、最初に僕が勝利条件を満たし、さらには七海さんは僕の応援をする。

　これだけの動揺材料が揃っておきながら、二本外したとはいえ、最初の二十本も含めて合計三十本のスリーポイントをほぼ全て決めたというのは驚愕だった。

　僕はバスケの経験は無いのでわからないが……もしかしたら最初の二十本が逆にウォーミングアップになってしまったのか、それともその程度の本数は余裕だったのか……この辺りはバスケ部主将を舐めていたと言わざるを得ない。

　こうして、実質的に八対一の構図ができあがったわけだ。普通であればハンデの分を差し引いても引き分け以下だ。事実、僕にあったのは敗北感なのだから。

　だけどその敗北感は、七海さんの一言で吹っ飛んだ。

『陽信の勝ち！』

　僕の出した最後の条件『勝負の結果をどうするかは七海さん自身に選択させてあげてください』ということから、七海さんは僕を勝者と判定した。

　出来レースもいいところだが、先輩はその結果を受け入れてくれた。

『本当……不正も不正、だって最後の判定を彼女さんがするってことは、それって実質的にキャニオンくんが決めた本数がゼロ本でも君の勝ちって言えばそれまでじゃない』

「まぁ、そうですね。完全に不正です」

もしも彼女が勝負後に先輩に惹かれてしまっていたら、どんな状況だろうとも結果は逆だったけどね。

まぁ、交際を一度断った相手に対して七海さんがそんな選択をするとは思えなかったが……それでも万が一ということもある。

何せ、先輩のスリーポイントシュートは男の僕でも見惚れるほどに格好良かったのだ。この関係が罰ゲームである以上、何があるかわからないと……僕はちょっとだけ不安でもあった。

まぁ、杞憂に終わり良かったところだ。

そして、勝負が終わった後の七海さんの抱きつき攻撃は凄かった……。柔らかくて温かくて良い匂いで……制服の露出が高いから触れる肌の面積も多いし……。

そこから恥ずかしがって、赤面してからちょっとだけ離れるまでがワンセットだ。あの感触は正直忘れられないです……なんせ初抱きつきだし……。

『……ねぇ、キャニオンくん。僕が最初に君に言ったこと、覚えてるかな？』

「最初に言ったこと？」

バロンさんが唐突に話を変えてきた。最初に僕が言われたことってなんだっけ？　日々色々と言われすぎて絞り切れない……。このタイミングで言うってことは……。

「僕が彼女に好きになってもらうように……って話ですか？」

『ご名答。相変わらず察しは悪くないよね君は』

「まぁ、最初に言われたことですから。思い出しますよさすがに」

バロンさんに相談したことがきっかけで、僕は彼女と付き合うことを選んだんだ。そして……僕は僕なりにだけど、彼女に好かれるように努力はしてきた……してきたのかな？

でも、なんというか……今までと違(ちが)って言動には気を付けるようにしているのは確かだ。

何かその事で、バロンさんに気になることでもあったのだろうか？

『君さぁ、逆に彼女さんの事メロメロに好きになっちゃってない？』

画面に表示されたその一言に、僕の心臓の鼓動(こどう)はドクンと一回だけ大きくなる。見透(みす)かすように言われたその一言は、図星だった。

『あぁ、勘違(かんちが)いしないでね。別に僕はそれを悪いと言っているわけじゃないんだ。君が彼女さんを好きになっているなら、それはそれでとても良いことだと思うよ』

「……そうなんですか？」

てっきり僕は、そんなことでどうすると叱責(しっせき)されるのかと思ったが……まぁ、バロンさんがそんなことを言うとは思えないけど、それに近いことは言われるかと思っていた。

だけど、その次の一言は僕にとっては衝撃(しょうげき)だった。

『うん。だって彼女さんはどう見ても君の事をメロメロに好きになってるからね。これで君が彼女さんを好きなら晴れて両想い。何の障害も問題もなくなる』

「そうでしょうか……彼女が僕の事を……？」

『いや、逆にそれで好きじゃなかったら、僕は世の中の女性が全て信じられなくなるよ』

え？　まだ付き合い始めて……火曜日からだから……三日目だよ？　そんなに早く目的達成ってことある？

でも……もしそうなら……ちょっと……いや、かなり嬉しい。

『私はそうは思いませんけどね……絶対……弄んでるだけですよ』

唐突にピーチさんが会話に割り込んできた。いや、チャットだから割り込むも何もないんだけど、彼女の意見から僕の頭は一気に冷え込んでくる。

『ギャル系なんて男子を弄んで陰で笑っているに決まってますよ……お友達の方はニヤニヤ笑って見てたんでしょ？　きっとキャニオンさんが何も知らないと思って笑ってたんですよ……』

なんだろうか、彼女の言葉で一気に頭が冷えてきた。

彼女の言葉はネガティブだし、非常に偏見に満ちているのだが……確かに七海さんの友達である音更さんと神恵内さんは僕の事をニヤニヤとした笑みで見ていた。

だけど……。

「ピーチさん、僕を心配してくれるのはありがたいよ。ありがとう。でも、彼女はそんなに悪い子じゃないと思うんだ。だからそう悪く言わないでほしいな」

僕はあの笑みに悪意が感じられなかったのだ。

それに……彼女達は最初に言っていたじゃないか「罰ゲームだとは自分達からは明かさない」と。

だからきっと、あのニヤニヤは別の意味だ。

『……ごめんなさい。キャニオンさんが心配でつい……』

「いや、ありがとう。おかげで冷静になれたよ。僕はこれから、もっともっと努力して彼女に好かれるように頑張るから」

そう、僕はまだまだ自惚れるには早すぎる。

だいたい付き合ってまだ三日目なのだ……彼女が驚異的なチョロさ……いわゆるチョロインでもない限り、あの姿は彼女なりの『理想の彼女像』を演じていると思った方が良いだろう。

『……ごめんなさい、今日は落ちますね』

そう言ってピーチさんはチャットからいなくなった。

彼女は言い方はキツかったが、きっと僕を心配してくれていたのだろう。もしかしたら、ギャル系の女子に嫌な思い出でもあるのかもしれない。

『ピーチちゃんの言葉でどうなるかと思ったけど、前向きに捉えてくれたようでよかったよ。ごめんね、彼女もきっと悪気はないと思うんだ』

ピーチさんがいなくなったのと入れ替わるようにバロンさんがフォローを入れてくる。彼女の事を咎めなかったのは、僕と同じことを感じていたのだろう。

きっと後で、ピーチさんにもフォローを入れるはずだ。この人は本当に頼りになる。

「いえ、気にしてませんよ。それに彼女のおかげで頭が冷えました。僕は、彼女に好かれるようにもっと努力していきたいと思います」

『もう心配ないと思うけどねぇ……まぁ、前向きに努力することはいいことだ、正しい努力は悪いことじゃない』

「さしあたって僕は何をすればいいですかね？」

『そこで僕を頼らないでくれればもっと格好いいんだけど。ていうか、僕の発言なんてほとんどネットの受け売りなんだから、君も調べればいいだけじゃないの？』

バロンさんはいつも僕へのアドバイスをネットの受け売りと言うけど、本当にそうなんだろうか？

実は僕もネットでいろいろと調べてはみたのだが……どれもこれもピンとこないのだ。だけど、彼に言われたことは非常にストンと心に落ちる。説得力があるというか……。だからどうしても、最終的に彼に頼ってしまうのだが……。

『まぁいいや。明日は今日の彼女のケアをしてあげなよ。今日の一件でもしかしたら……少し不安に思っているかもしれないから、そこをちゃんと慰めてあげるんだ』

「不安って……僕は勝ちましたし、大丈夫だと思ってたんですけど……」

『んー……彼女が不安に思っているのはきっと、これからも君に同じような勝負を挑んでくるやつが増えるんじゃないかって点だと思うよ』

……あぁ、そういう可能性もあるのか。それだと……先輩の勝負を受けたのは少し軽率だっただろうか？

『君から聞く限りの彼女さん像でしかないけど……自分のせいで、君が危険な目に遭うことを気にしちゃってるんじゃないかな。だから君は……嘘でも虚勢でも意地でも何でもいい、そんなことは平気だってアピールして彼女を安心させてあげなよ』

「……なるほど、確かにそうですね……ありがとうございます」

あの後、僕らは一緒に手を繋いで帰ったけど……彼女は内心で不安がっていたのだとしたら……。察してあげられなかったことをとても情けなく感じてしまう。

『まぁ、バスケ部と勝負して勝ったって結果は、噂としていろんなヒレがついて駆け巡るだろうし、明日はきっと平和だと思うよ。思う存分イチャイチャしなさい。日曜日のデートの話なんかしちゃってさ』

「……そうですね、何の映画を見るのか……話を聞いて決めておきますよ」

『うん、そうするといい』

いまだにデートという単語を見るだけでドキドキするが、それもなんだか心地よかった。もしも彼女が不安がっているのなら……いや、そうじゃなくても明日までに何かいい言葉を考えておこう。こればっかりは、バロンさんを頼るわけにはいかない。

僕はいつもなら集中しているソシャゲもそこそこに、明日彼女に会った時に言うべき言葉をずっと、頭の中で考えていた。

……ちなみにこの後、七海さんから大量のメッセージが来て……内容は全部、僕に関する褒め言葉だった。

そんなに褒められることはしてないんだけどなあと、自分が汚い手で勝ったことの後ろめたさを感じていたのだが……それも、次の一文で吹っ飛ぶ。

『そういえば今日、抱きついた時にさ、勝利のご褒美にほっぺにチューくらいはした方が良かったかな？』

いや嬉しいけど、それをあの場でやられたら僕の心臓が持ちませんよ、七海さん……。

次の日……勝負に勝てばもう来ないだろうと思っていた僕が甘かった。次の日の昼休みも、標津先輩は現れた。

「やぁやぁ、簾舞君、茨戸君。今日もお二人は仲睦まじいね。羨ましいよ。あ、僕もお昼を一緒にしてもいいかな?」

「嫌です。彼氏と二人っきりにしてほしいです」

「……僕の隣でいいなら空いてますよ先輩」

爽やかな笑顔を七海さんにバッサリと切り捨てられた先輩は、叱られた犬のように意気消沈する。

……なんだかその姿が可哀そうで、僕は思わず自身の席の隣を指さした。一転、彼は嬉しそうに僕の隣に腰掛ける。

「陽信……」

「いや、ほら……ここには僕等だけだと思えばいいじゃない」

「簾舞君……君の優しさに感動した後で、その発言は少しショックだよ……」

ショックを受けたと言いながら先輩は自身のお弁当を開ける。僕の二倍はあるようなお弁当箱だ。

中身をちらりと見ると……唐揚げ、ハンバーグ、焼き肉、トンカツ……肉のオンパレードにたっぷりの千切りキャベツの入った弁当箱……ご飯の量も尋常ではないくらい多かった。

ちなみに今日の僕のお弁当はエビフライがメインになっている。エビフライはかなり大ぶりのエビで、レストランで出されるような立派なものだった。

昨日はお弁当のリクエストを聞かれなかったので、何が来るのかなと楽しみにしていたが、これは期待以上だ。

お弁当箱を開ける瞬間のワクワク感は、いくつになっても童心に返った気分になる。

「私の家、お祝いってなるとエビフライが定番なんだー。昨日の勝負の勝利を祝ってのお弁当だよ」

なるほど、昨日リクエストを聞かれなかったのはそれが理由か……。その勝負に負けた先輩が隣にいるが、とりあえず気にしないでおこうか。

「時に簾舞君……実は今日……僕が用事があるのは君の方なんだ」

「へ？　じゃあお弁当食べ終わってからでもいいですかね？」

「あぁ、かまわない。……ちなみに聞きたいのだが、卵焼きと僕のトンカツを一つ交換してもらえないかなと……」

「ごめんなさい、それはお断りします」

即答である。

当然ながら、僕のために七海さんが作ってくれたお弁当を人と交換するなんて……考えられるわけがない。

先輩もダメもとだったのだろうが……ちょっとだけうなだれている。

「……先輩、何しに来たんですか？」

先輩への不機嫌さと、僕が断ったことに対する嬉しさを同居させた七海さんが、先輩へと自ら話しかけた。先輩はそんな七海さんを見て苦笑を浮かべる。

「あぁ、茨戸君……二人きりのところをすまないね。先ほども言った通り、僕は君の彼氏である簾舞君に用事があるんだ」

昨日の勝負後から、先輩は七海さんの事を「七海君」から「茨戸君」と呼称を変更している。

勝負に負けたことによるけじめと、もう彼女の事を諦めたことからの変化なのだろう。

できれば、その潔さはもうちょっと早く発揮してほしかったが。

「僕に用事って何ですか？　昨日の勝負はもう終わったし……いまさら僕と話すことなんて、先輩にはないでしょう？」

「そう寂しいことを言わないでくれたまえ……そうだね、単刀直入に言うと、簾舞君には僕と友達になってほしいんだよ。だから連絡先の交換をしてもらえないかと思ってね」

……なんでそういう話になるんだろう？

「ハンデ有りとはいえ、バスケ部主将の僕を負かした君に尊敬の念を抱いたのだよ。君は彼女にふさわしい男だった……だから僕は君と友達になりたいと思ったんだよ」

汚い手を使って勝っただけなのだが、どうやら先輩の中ではそれはきちんとした勝負の結果と捉えられているようだ。

うーん、この人は良くも悪くも純粋なのかもしれない。ほんの少しだけ良心が痛む。

「……それに、君と友達になれば茨戸君とも友達としてもう少しお近づきになれるかもしれないだろうし」

……少しでも痛んだ僕の良心を返してほしい。というかそれを僕に馬鹿正直に言っちゃう辺り、やっぱりこの人ちょっと馬鹿だ。

先輩に言いたくないけど、長身でイケメンでバスケ部主将なのに、馬鹿キャラだこの人。

「……標津先輩はね、言っちゃえばバスケにだけ特化した人なの……。他は全部残念なんだけど……そこが母性本能をくすぐるって女子達に人気なのよ」

唐突に僕の耳の近くで七海さんの小声が聞こえた。口に出す言葉とともに耳にかかる吐息が僕の背筋を驚きとは違う震え方をさせてくる。

なんだこれ？　この心地いいゾクゾク感は何だ?!

僕は危うくお弁当箱を落としそうになってしまうが、それを何とか堪えた。いや、危なすぎるよコレ。

電話で喋るよりも、生で声が近いというのがこれほど破壊力があるとは……。吐息が耳に当たると何とも言えないゾクゾクした感じが……癖になりそうだ。まだその感覚が背中に残ってる。今日もまた一つ、新しい発見をしてしまった。

僕は一人で感動しているが、七海さんはそれに気づいた様子はなかった。

「そういえば七海さんは……母性本能をくすぐられなかったの……？」

僕は七海さんの耳元に顔を近づける勇気はなかったので、彼女に小声で聞いてみる。七海さんはまた僕に近づいて……耳元で囁いてきた。

「全然……。告白する時に胸ばっかガン見で……。しかもちょっといやらしい感じで、母性本能なんて全然くすぐられなかったよ？」

手厳しいご意見である。

僕が胸を思わず見てしまった時は笑って許してくれたのに、何でここまで手厳しいんだろうか？

まぁ、そのおかげで今の僕があるのだから先輩が胸ばっかり見てくれたことには感謝するべきだろう。僕は改めて七海さんの顔を見て、先輩への感謝の念を強めた。

「それで、簾舞君。どうかな？　僕と友達になってくれるかな？」

「えーっと……僕でよければ喜んで。ただ、七海さんは絶対に譲りませんけどね」

「それはもうわかってるよ。未練がましく昨日は勝負を仕掛けたが、僕は次の恋を探すことにするさ」

次の恋を探す……ということはまだ気持ちは七海さんにあるのだろうか？

だけど、この人はそれを吹っ切ろうとして、その一つのけじめとして僕と友好関係を結ぼうとしているのかもしれない。

スポーツマンらしいというか、非常に男らしいと思う。僕にはない面だ。

それから僕は先輩と連絡先を交換する。相変わらず僕のアイコンはゲームキャラのままだったのをその時に思い出したけど、七海さんはそれでもいいようだし、このままにしておこうと思う。

先輩のアイコンはバスケットボールだった。

「それじゃあ、目的も達成したし僕はこれで失礼するよ。そうだ、簾舞君……キミ、バスケ部に入る気はないかい？」

「ないですよ。部活に入ったら、七海さんとの時間が減っちゃうじゃないですか」

これはどこかの作品で見たセリフだ。本音ではあるが、そもそも僕は体育会系のノリが苦手なのだ。部活に入るなんてとんでもない……。

ちょっと七海さんを理由にするようで気が引けるが、横目でちらっと彼女の顔を見ると嬉しそうに顔をほころばせているので問題ないだろう。

「そうかい、羨ましいね。何かあればいつでも連絡してくれ。いつでも相談に乗るし、部活があるからしょっちゅうとはいかないけど……遊びのお誘いも歓迎だよ」

「ありがとうございます。その時はよろしくお願いします」

先輩はそう言うとさわやかな笑顔を残して去っていく。何というか、第一印象は悪かったけど、こうして接すると先輩は案外悪い人じゃないのかもしれない。そう思うのはチョロすぎかかな？

何人かの女生徒は、先輩のあとをついていくように屋上からいなくなっていった。もしかしたら、先輩の新しい恋とやらも意外と早く見つかるかもしれない。

僕らは先輩を見送ると、そのまま昼食を再開する。

「やっと二人っきりになれたねー。陽信は先輩と一緒の方が良いのかもしれないけどー」

二人きり……とはいっても屋上の周囲には相変わらず人はいるのだが、七海さんはほんの少しだけご立腹のようだ。

まぁ、自分がフッた相手と彼氏が仲良くなるのは確かに面白くはないかもしれない……。配慮が足りないと言われればそれまでだ。

だけどまぁ、なんとなくあの先輩は憎めないのだ。先輩のキャラもあるけど、少年漫画のように勝負したから仲間意識が芽生えてしまったのかもしれない。

「ごめんね、七海さん。不安にさせちゃったかな?」

「……不安とかじゃないけど、先輩ばっかり構っているのは面白くないかなーって」

プイとそっぽを向いている七海さんは口を尖らせている。なんと可愛いことを言うのだろうか。でも……なんとなくだけど僕を見るその目に不安の色があるように見えた。

僕の気のせいかもしれないが……昨日考えたセリフを言うなら、ここかな?

いや……本当に言うのか僕?　自分で考えたとはいえ……正直、ちょっと……いや、かなり恥ずかしい……。いや、でも……言うなら今しかないか。

「七海さん、安心してよ。昨日みたいに、先輩みたいに、君をまるで景品みたいに僕から奪おうとする人が出てきても、僕は絶対に……どんなことをしても君を離さないからさ」

うがぁ……我ながらクサいセリフすぎる……。

やばい、背筋が寒くなってきた。いや……平静を保て……。少なくとも、彼女からの反応を聞くまでは平静を保て僕……。がんばれ……‼

「陽信……」

七海さんの声が聞こえてきた。小さく僕の名前だけを呟き……そして……。

「プッ……」

吹き出した。

「アハハッ‼　もー！　なにそのセリフ、カッコよすぎるんだけど⁉　やっぱり、陽信の方が先輩よりずーっと素敵だよ、でも……無理してるのバレバレだよ？　顔真っ赤！」

僕は言われて自身の頬を触る。どうやら自分でも気が付かないうちに顔全体が真っ赤になっていたようだ。指摘されて顔はますます赤くなる。

……そこで僕は笑っている彼女に視線を送ると……彼女も耳が真っ赤になっていることに気が付いた。

「……七海さんこそ、耳が真っ赤だよ。僕から言われてうれしかった？」

「そんなの当たり前じゃない！　彼氏からそんなカッコいいこと言われて、喜ばない女の子っているのかな？」

　グッ……また反撃を食らってしまった。この状況だと僕には完全に分が悪く、勝てる気がしない。隣同士でお弁当を食べながら、僕の顔は真っ赤になり、彼女は耳を真っ赤にさせている。

　反撃も受けて、ちょっと言うタイミングを間違えたかと思っていたのだけど、不意に彼女は僕の脇腹をつんとつついてきた。

「……私、ちょっとお弁当が多かったみたい。食べてくれる？」

　若干棒読みでそう言うと、七海さんはお弁当の中の卵焼きを差し出してくる。僕が彼女のお弁当の中で、特にお気に入りの卵焼きだ。

　わざわざそれを、箸につまんで差し出してきた。

「……あーんは、僕のお弁当の量が多くなったからしないんじゃなかったっけ？」

「えー？　仕方ないじゃない。私がお腹いっぱいになっちゃったんだから……残すのも勿体ないよね？」

　……確かに、お腹いっぱいなら仕方ないよね。

　僕は彼女に差し出された卵焼きを頬張る。幸せな味がふんわりと、口いっぱいに広がっていくのを感じる。きっと彼女なりの僕の言葉に対するお礼なんだろう。

これだけで、恥ずかしい思いをしたかいがあったというもので……幸せだ。

それから昼食を終えて弁当箱を七海さんに渡すと……彼女は僕にぴったりとくっついてきた。

腕を組んで、僕に体重を預けてくる。その重みが心地よいのだが……。周囲からの視線が少しだけ恥ずかしい。

「七海さん……何を……？」

「格好いいことを言ってくれたご褒美かな？　今日はお昼休み終わるまで、こうやってお喋りしてよっか」

「……友達は良いの？」

「あの二人は、久々に作った手作りお弁当を彼氏に食べさせるって張り切ってたから……たぶん、また学校外に行ってるはずだよ」

「あの二人の彼氏も謎だねー。まぁいいか。……じゃあ、このまま話をしてようか」

「うん！」

ぴったりくっついたままの彼女の満面の笑みを見て、僕は恥ずかしい思いをしても彼女にあのセリフを言ってよかったと思った。

「陽信、あったかいね。くっついてたらポカポカしてきた」

「七海さんもあったかいよ。今日は天気も良いし、気持ちいいね」

そんな風に、昼休みは穏やかに過ぎていった。

……後日、僕は屋上で恥ずかしいセリフを真顔で恥ずかしげもなく言った男として話題になってしまい……本当に、本当にほんの少しだけ後悔する羽目になるのは……また別の話だ。

幕間　彼女が大胆に行った結果

昨日と今日はちょっとやりすぎたかな？　私は一人、ベッドの上で自問自答する。

思い出すと少しだけ赤面してしまうけど、先輩がせっかくの二人きりを邪魔してきたんだからついつい意地悪をしてしまった形になってしまった気がした。

陽信と一緒にお弁当を食べて、幸せな気分だったのに……昨日の陽信を認めないって何さ。いや、最終的には撤回してくれたけど。

最初に先輩に言われた言葉を思い出してちょっとだけむかむかとしてしまう。陽信にだってまだ『さん』付けでしか呼ばれてないのに『君』付けだったし……。

まぁ、先輩も悪い人じゃないのは分かってはいる。頭では理解している。だけどどうにも苦手なのだ。

だから見せつけるような行動をついついとってしまった。自己嫌悪だ。

陽信のほっぺについてたご飯粒をちょいとつまんで食べたり、わざわざピッタリくっついたりと色んなことをした。いや、ほっぺのを食べるのは我ながらやりすぎたかもしれない。

まぁ、半分は先輩に見せつけるという意図があったのだけど、大人しいのにグイグイくるという矛盾したような陽信相手には、私もある程度グイグイと行かなければならないだろうと思いやったのだ。後悔はない。

……最終的には先輩も私と陽信をお似合いのカップルと言ってくれたのは、不覚にも嬉しかった。それは誰に言われても嬉しい言葉、その筈だけど。

「お似合いかぁ……お似合いだってさぁ、お似合いなのかなー?」

誰もいない部屋で、私は一人で天井を見ながら誰に言うわけでもなく呟いた。当然ながら答えはない。答えがないからこそ、口にできた言葉だ。

陽信もお似合いだって言われて嬉しいと思ってくれただろうか? それが気になるけど、私はそのことを彼にハッキリと聞けないでいた。

そしてお似合いに見えるという言葉はとても嬉しいのに、ほんのちょっとだけ辛い。私は本当に心から嬉しいと思えていたのかな? 嬉しいのは嬉しいんだけど、嘘を吐いている私には自分の気持ちが分からなくなっている。

私はこれで陽信だけじゃなく先輩にも嘘を吐いたことになるのだ。

お似合いだと言ってくれた先輩、その先輩は私達の関係が罰ゲームだと知ったらどう思うだろうか？　私は……私はとても最低なのだ。

「はぁ……」

小さくため息を一つつき、パジャマのボタンを一つ開ける。少しだけ呼吸が重苦しいと思っていたけど、それをしても何も変わらない。

そりゃそうだ。これは私の心の重苦しさなのだから、服を緩めたくらいでは何も変わらない。

「そういえば、陽信。今日はほっぺにチューについては何もリアクションしてこなかったなぁ？」

バスケ勝負で勝った後に私は思わず、勢いで、興奮しすぎてそんなことを陽信に送ったのだけど、彼の反応はいたってクールなものだった。

『嬉しいよ、だけどあの場だと恥ずかしいかな』

既読になってからしばらくしてから返ってきたメッセージはそれだけだ。私はお母さんにうるさいとまで怒られて送ったのに、凄く冷静だ。

もしかしたら、今日になってご褒美の話題を出すのかなとか思ってたけどそれもなかった。今日ほっぺにチュー、するのかなとか思ってたのに。

もしかして迷惑だったのかなぁ？　そういうことするの、あんまり好きじゃないとか？

先輩も乱入してきたし。

いや、そんなことないか。

屋上であんなにカッコいいこと言って、私の事をキュンキュンさせて、恥ずかしがらせて人前でイチャイチャするの好きじゃないとか説得力がない。

あーあー、思い出したらまた顔があっつくなってきた。ホントに、何であんなに私をいちいち喜ばせることを言ってくれるんだろう？

私も嬉しくて思わずピッタリと陽信にくっついてしまった。何を喋ったのかよく覚えていないけど、陽信の体温はよく覚えている。

自分でもなんであんなことをしたのか分からないけど、思わずピッタリとくっつきたくなってしまったのだ。あんな気持ちは初めてだった。

あったかくて、優しくて、私の事を大切に思ってくれる人。

そんな人と縁を持てたことが幸せで、同時に毎日のように罪悪感が一人になると襲ってくる。その罪悪感と寂しさから、陽信とはメッセージのやり取りを毎晩している。

話す内容は他愛のないものだ。学校で話せなかったこととか、明日の事とか……明日、そうだ、明日は陽信に会えないんだよなぁ。

前から楽しみにしていた映画を初美と歩と一緒に見に行くんだけど、彼に会えないとなると途端に寂しくなる。

せめてメッセージはいっぱい送ろうかな。

それにしても、私は映画を見たりすることでしか恋愛を楽しめなかったのに、こうやって現実の男の子相手に恋愛をするようになるなんて、思ってもみなかった。

「明日の映画は、陽信との関係を進める参考になるかな？」

映画に対していつもとはちょっと違う楽しみ方ができそうなことに、私は胸を一人で躍らせる。明日は彼に会えないけど、彼の為に色々勉強しなきゃ。

「あ、陽信からメッセージだ」

さっきまでお話してたのに、改まったメッセージが彼から来る。今日は遅くまでゲームやるとか言ってなかったっけ？

メッセージを確認すると私はちょっとだけ口の端を持ち上げた。

『七海さん、明日の映画。楽しんできてね。会えないのは寂しいけど、日曜日を楽しみにしてるよ』

ちょっと硬い、だけど彼らしい私の事を考えてくれたことが窺えるメッセージ。そのメッセージを見ただけで私の中の嫌な気持ちが溶けていくような感覚を覚えた。

「ありがとう、私も日曜楽しみにしてるね。明日もいっぱいメッセージ送るね」

それだけを送ると、私は明日に備えてベッドにもぐりこんで目を閉じる。

映画……えっちなシーンはあんまりないと良いなぁ。そんなことを思いつつ……私は少しだけ軽くなった気持ちを抱いて眠りについた。

第四章　僕と彼女の初デート

今日は土曜日である。

学校が休みの土曜日、何も予定がない土曜日、いつも通りの土曜日……僕が朝からゲームに興じる休みの日がやってきた。

いつもは一週間の中で日曜日と一、二を争うほどに待ち望んだ休日だ。

その筈なんだけど……。

いつもはウキウキした気分で朝からソシャゲに興じているというのに、今日はなんだか調子が悪いというか、変な感じがする。

集中ができていないというか、すぐに別のことをしたくなってしまう。

（……七海さんとのデートは明日か……今日はあの二人と一緒に映画に行くって言ってたよな。二日連続、映画館に連れていくとか……実は悪手だったんじゃないかなぁ……？）

そんなことを考えてゲームをやっていたら、パーティが全滅してしまっていた。

『珍しいね、キャニオンくんが全滅なんて。心ここにあらずって感じかな？』

『何かあったんですか……？』

バロンさんとピーチさんの二人が僕を心配してくれている。全滅の理由は単なる凡ミスだ。ゲームに慣れている人間ならまず起こらない全滅である。

そんな風に、ゲームに支障が出るほどに今の僕は集中力を欠いている。自分でも原因はわかっている。それは……。

「明日は彼女と初デートですからね、気が付くとそのことばっかり考えちゃって」

正確には明日のデートの事と……今日の七海さんの事を考えてしまっていたから集中力を欠いていた。明日の準備は既に万全……だと思う。

チケットもすでにオンラインで買って席を決めているし、最初は待ち合わせを映画館にすると考えていたのだが……それはやめようと僕は提案する。

先輩の件を考えると、七海さんが変なナンパに会う確率が非常に高そうだった。あれだけ可愛い女の子が一人でいれば、ナンパしないやつの方が少ないだろう。いや、僕はしないけど。きっとする奴はいるはずだ。

そんな心配をしている僕に、彼女はあっさりと言ってのけた。

『じゃあ、家に迎えに行く？』

考えてみれば簡単なことだった。家まで迎えに行けばナンパの心配はほぼゼロだ。目かに行くことにした。

ら鱗のその提案を僕は受け入れて……今回は待ち合わせはせずに、七海さんの家まで迎えに行くことにした。

彼女は最初、僕の家まで迎えに来る気だったらしい。いや、さすがにそこは僕とは言え男の矜持が廃れる感じがしたので、丁重にお断りしたのだ。

だから昨日は、初めて彼女を自宅まで送ってから帰宅した。そのため、昨日は今までで一番長く七海さんと一緒にいた日になった。良い日だったなあ。

……決して、七海さんの家の場所を知りたかったという理由ではないことは言い訳しておく。

『そういえばさー、同棲してる人達ってこうやって一緒に帰るんだろうねぇ。それってなんかさー、憧れるよねー？』

帰り道にそんなことを七海さんに言われてしまい、僕は慌てるばかりだった。

まぁ、七海さんも「ごめん、忘れて……」と言ってたからあれは自爆だろう。耳が真っ赤だったし。

七海さんと一緒に同じ家に帰宅……。想像するだけで身悶えしそうだな。

そして、日曜日には長く一緒にいる記録が更新されると思うと、なんだか落ち着かないのだ。

気持ちがソワソワしてしまう。

こちらから連絡をしようかとも思ったが、せっかく友達同士で盛り上がっているだろうところに水を差すのも悪いなぁと思って我慢してたんだけど。

実は七海さんからは、逐一報告が来ていた。それがまた明日へのソワソワ感を加速させてしまう結果となる。

『映画、すっごい良かったよー。エッチなシーンはちょっと恥ずかしかったけど……勉強にはなったかな？　今後を楽しみにしててね？』

七海さん、何を勉強したんですか、僕は何を楽しみにすればいいんですかと一人で慌てたり……。

『お昼はハンバーガーだよ、陽信は何食べた？　お休みの日もお弁当作ってあげられたら良いのにね、今度、お昼作りに行ってあげようか？』

昼食時には、七海さんのお弁当を思い出し、普段は美味しいと感じているカップ麺が急に味気なく感じたり……。

『明日が待ち遠しいねー。早く会いたーい。夜には連絡するね？　明日は楽しいデートにしようねー』

そんな風に、可愛い一言と共に料理の写真や今いる場所の写真を添えて送ってきてくれる。そりゃ、ゲームにも身が入るわけがない。
だけど少しだけ違和感があるのは……こういう時って女子は自撮りするんじゃないっけ？　送られてくる写真に決して七海さんは映っていない。なんでだろ？　……まぁいいか。

僕は終始ニヤニヤしっぱなしで、我ながら気持ち悪いと思う。

『いいねぇ、青春だねぇ。初デート……盛り上がらないわけないよね。準備は万全かい？』

「えぇ、万全ですよ。彼女の家まで迎えに行きますから」

『そっかそっか。うんうん……明日はゲームは気にせずに存分に楽しんできてね』

『……気を付けてくださいね』

おぉ、ピーチさんが初めて応援するような意見を出してくれた。これは感慨深い……。
と思っていたら。

『つまんない映画だったとか面白くないデートだったとか最悪だったとか、酷いことを言われて心が折られないように気を付けてくださいね……』

違った……応援はしてくれるのかもしれないがどこかネガティブだ。この子の闇がどんどん深くなってきている気がする。よっぽどギャル系が嫌いなのか？

『ピーチちゃん、そんなこと言わないの。でも、そうだね。そう言われないようにきちんとエスコートしてあげなよ。そうすれば好感度も上がるはずさ。いや、もう好感度はカンストな気もするけど……』

確かに、ピーチさんの言葉を前向きに捉えると、明日のデートの成否は僕にかかっているとも言える。

僕としてはここ数日過ごしただけではあるのだが、七海さんと一緒に居られればそれだけで楽しいのだけど。

よく考えると、それで彼女が楽しいとは限らないのだ。これは一つ、いい勉強をさせてもらった。気を付けよう。

『それで？　当日はどんな服装でデートに行くつもりなんだい？』

「服……？　服ですか……？」

服……デートに着ていく服……。

あれ？　デートに着ていく服ってどんな服だ？　普段着でも良いんだろうか？

「とりあえず家にある服は……ほとんど黒系ばっかりですね。よく考えたらズボンもゆったりしただぼだぼのやつで……あとジーパンくらいかなぁ？」

僕の一言に、バロンさん達の言葉が止まる……そして……。

『キャニオン君……キミ、先輩くんと仲良くなったんだよね？　ちょっと全身の写真を撮って先輩くんに送ってみてもらえるかな？』

『キャニオンさん……流石に……違いますよね？』

二人から心配そうなメッセージが来た。さっきまで否定的だったピーチさんまでもが何かを心配するような書き込みだ。何かダメだっただろうか？

僕は部屋着であるジャージから普段着に着替える。

制服、部屋着以外はゲームを買いに行くか本を買いに行くくらいしか出かけないので、いつも着ている普段着の数もそんなに多くない。

とりあえず、着てみて……さて、どうやって全身を写そうか？

あぁ、そういえば父さんが使っている全身が映る鏡があったな……それを使わせてもらおうか。

唐突に僕が自分の全身写真を撮りだしたことに、家にいた両親は首を傾げていた。その視線は無視して、僕は全身の姿を撮ってから先輩にメッセージを送ってみる。

「先輩、今って大丈夫ですか？　相談なんですが……ちょっと明日の七海さんとのデートで着ていく服を見てもらってもいいですか？」

それから十分ほど経過して、先輩からの返答が来る。

『フラれた僕にそういうことを告げる君の神経の図太さは凄いね。いいよ、今は部活の休憩時間だから送ってみてくれたまえ』

確かに行動だけ見れば酷いな僕。でも、ファッション関係で頼れる人って先輩くらいしかいないのが現状だ。

ソシャゲのチームの皆とはネット上だけの付き合いだし、学校で話す何人かは、服を買うならそれ以外を買う人間しかいない気がする。そもそも連絡先知らないし。

「すいません、頼れる人が先輩しかいなくて。それじゃ、写真送りますね」

僕は自分の写真を先輩に送ると、すぐに既読が付く。そして、それからの先輩からの返信は早かった。

『簾舞君、僕もバスケばかりにかまけているからファッションにはそこまで詳しくない……詳しくない前提で聞いてくれたまえ』

先輩はそんな前置きをしてきたが……何かおかしいところがあっただろうか。

『なぜ上下全部が真っ黒なんだい⁉　インナーもアウターも全部黒で、パンツも黒って君はあれか？　生来の暗殺者か忍者なのか？　あと、そのシャツに書かれた赤い文字は何なんだい？　全部が真っ黒だからその文字がやたら目立つし、なんか怖いよ⁉』

「先輩、さすがに僕下着姿は送ってないですよ？　今のパンツは緑のトランクスです」

『教えなくていいよ‼　この場合のパンツはズボンの意味だ、そこで小ボケを挟まなくていいよ?!』

そうなのか。僕はずっとズボンと呼んでいたからそんな呼び方があるなんて馴染みがなかった。そうか、ズボンのこともパンツというのか。あれ、じゃあパンツはなんて言うんだ? いや、そんなことはどうでもいいか。

『簾舞君、もしかして君の持っている服は、全部が全部そんな服なのかい?』

「そうですね。同じような服しか持ってないです」

『今すぐ服を買いに行きたまえ! カジュアルウェアの量販店で問題ない!! そして全身写真を逐一僕に送るんだ!!』

……どうやら、僕の服装は完全にNGだったようだ。しかも先輩は、部活中だというのに逐一チェックをしてくれるらしい。とてもありがたい。

そっかぁ、これはダメだったか。いや、半分くらいはわかっていたけどね。でもそんなに酷いとは予想外だった。

「わかりました、ありがとうございます先輩」

『うん。僕も部活中だからあんまりこまめには見られないかもしれないが……店員さんにもきちんと話を聞いてみることをお勧めする。いいかい、基本はシンプルだよ』

再度お礼のメッセージを送るのだが、そこからは既読は付かなくなった。もしかしたら部活に戻ったのかもしれないな。先輩とのやり取りを終えた僕は、バロンさんとピーチさん達にもゲームを抜けることを告げる。

『うん、よかったよ……服のことを聞いておいて』

『……まさかそこまでひどいとは思ってませんでした』

二人にまでそんなことを言われてしまい、いつも出掛けている服装で服を買いに行くのが急に恥ずかしくなってきてしまった。そうか、これがいわゆる『服を買いに行く服が無い状態』ってやつか。

しかし、覚悟を決めて買いに行かなければならないと。僕はお金を下ろしてから、ちょっと遠いけど街中にあるショッピングモールの中の量販店へと移動することにした。

明日、七海さんとくる映画館もここにあるから、下見も兼ねておこうか。

そして、僕の初めてのデート服選びが始まった。

最初は量販店だし「あれ？　服ってそんなに高くないじゃないか？」とか一点一点の服を見て軽く考えてたんだけど、全部そろえると結構高いのである。

バイトをしていない高校生のお財布事情には優しくない……。

こんなことなら、バイトをしておけばよかったかなと少し後悔することとなった。僕にできるバイトに何があるのかわからないけど、お金は大事だ。

そういえば、七海さんってバイトしてないのかな？　彼女と一緒にバイトとか……いや、ダメだな。七海さんばっかり見てミスを連発しそうだ。

服選びは試着して、先輩に写真を送りながらだから結構時間がかかった。律儀に先輩は写真に対して的確にツッコミを入れてくれるのだ。

『あまり選択肢が多くても混乱するから、下は黒スキニーに絞るんだ。そこから上をどうするかを選ぼうか。初デートだし、さわやかな感じにいこう』

先輩の助言通り、黒スキニーのパンツ、白とネイビーの太めのボーダーシャツ、白いアウターのシャツ、それと飾り気のないシンプルなベルトを選んだ。

実は靴も真っ黒なんですということを伝えると、靴も薄い青色のスニーカーを一足、別の店で購入した。

最後に全身の写真を先輩に送ると『それなら良いね、無難だ。さわやかに見えるよ』と言われたので、大丈夫だろう。

僕は先輩にお礼を言うと『お礼なら君がもらっている茨戸君のお弁当で……』と言われたので、それだけは丁重にお断りさせていただいた。

ただお礼として、七海さんに先輩にも先輩用のおかずを一回だけおすそ分けしてあげてくれないかと、さりげなく聞いてみることを伝える。あくまで聞くだけだ。

しかしそれでも、即座に文字から物凄い喜びが伝わってくる返信が来た。そんなに食べたかったのか……。

しかし、普段の服を買う倍以上の金額が吹っ飛んでしまった。……まぁ、いい機会だと思っておこう。あとは両親に見つからないようにだけ注意すればいいだけだ。絶対なんか勘ぐられる。

あー……なんだか服を買うだけなのにどっと疲れてしまった……。

明日のデートのためにも早く帰ってゆっくり疲れを癒そう……そんなことを考えていると……僕の耳に聞き覚えのある声が入ってきた。

「ちょっと、やめてくれない？　ウチ等みんな彼氏いるしお断りなんだけど？」

「いいじゃない、今は女の子三人なんでしょ？　一緒に俺等と遊ぼうよ。楽しいって。彼氏にバレなきゃ大丈夫でしょ？」

聞き覚えのあるその声の方に視線を送ると……そこには七海さんの友達の音更さんがいた。そういえば、今日は三人で映画を見るって七海さん言ってたし、彼女達もここに来ていたのか……。

彼女達のただならぬ雰囲気に少し遠くから彼女達を改めて見るのだが……僕は少し困惑してしまった。

そこは音更さん、神恵内さん、そして……見知らぬ女子が一人いて、三人はチャラそうな男子三人組にナンパされているところだった。

「バレるバレないじゃなくて、彼氏がいるのに他の男と遊ぶとかありえないから。ナンパならよそ行きなよ」

「つれないこと言うなよ〜。そんな格好してるんだから、どうせ遊んでるんだろ?」

音更さんは両肩を出したショートパンツ姿、神恵内さんは肩と共に胸元を大胆に露出してアクセサリーにペンダントを着けている。ギャル系ファッションという感じだ。

制服でもスカートを短くしているので足の露出はいつも通りだけど、普段見ない肩の露出の方にドキドキする。……いや、足の方もドキドキするな。

もう一人の女の子はどちらかというとおとなしめの服装で。清楚系とでもいうのだろうか?

極力肌の露出を抑えていて、ふんわりとしたロングスカートを穿いている。言ってしまえば二人とは真逆の格好をしている。

眼鏡もかけていて、服装同様におとなしい印象を受ける。少なくとも僕は学校では見たことない女子だ。

今日は七海さんとはもう別れた後で、別の友達と遊んでいるんだろうか?

いや、そんなことはどうでもいいか。まずはこの状況の整理だ。

彼女たちはナンパされている。

そのナンパを嫌がっている。

僕はそれを目撃した。

さて、僕は彼女たちを助けるべきか否か……。

まぁ、助けるべきだろうな。考えるまでもない。

彼女の友達を見捨てるなんて、明日のデートで七海さんに合わせる顔がなくなってしまう。だから助けるのは決定事項だ。

きっと、正義感にあふれた物語の主人公なら後先考えずに突っ込んでいっても何とかなるんだろうけど……。だけど僕は喧嘩をしたこともないし、相手は三人だ。情けないが暴力沙汰なら負けは目に見えてる。

だから、保険はかけておこう。

僕はその保険を少し探して……それからナンパされてる三人に声をかけた。ちょうど彼女たちは手をつかまれそうになっている直前だった。危なかった。

「やあ、偶然だね。三人ともここに来てたんだ？　そっちの人たちはお友達？」

できる限りフレンドリーに、笑顔を忘れずににこやかに浮かべて、僕はその一団に声をかける。彼女達の名前を呼ぶようなことはしない。個人情報保護は大切だ。

女子三人は、突然の僕の登場に驚いたようにこちらを向くのだが、男性達は……唐突に声をかけてきた僕に眉尻を上げて苛立ったような表情を向けてきた。

「なんだぁ？　お前誰だよ？」

沸点低いなぁ。

もっと僕にも彼女達に声をかけていた時のように、爽やかな笑みで接してもらいたいものだ。まぁ、その笑顔は下心見え見えではあったけど。

僕に凄んできたのは一番彼女達に積極的に声をかけていた、茶色い髪を肩まで伸ばして帽子を斜めにかぶった長髪のイケメンだ。

でも、イケメン具合は標津先輩に比べるとだいぶ劣るか。劣化先輩だな。先輩に失礼かもだけど、心の中だけで呼ぶとしよう。

「僕は彼女達の……」

「あぁん?!　関係ないならすっこんでろよ上下真っ黒の根暗ゴキブリ君。痛い目見たくないだろ？　さっさと消えろよ」

……せめて最後までセリフを言わせてほしい。食い気味に無関係だと断じられた僕はゴキブリ野郎という不名誉なあだ名までいただいてしまった。

後ろの男性二人も、劣化先輩の言葉にニヤニヤと笑いながら僕を見ている。劣化先輩対ゴキブリ男……B級映画っぽいタイトルだな。ヒットは見込めなさそうだ。

「聞いてんのかてめぇ?! 関係ないならさっさと消えろや!!」

「無関係じゃないですよ、えーっと……僕はそう……」

怒鳴る男子に少しビビりながらも、僕は彼女達を見る。

彼等のこの様子だと、友達だって言っても無関係だろと言ってきそうだな。なんて言っておこうか。見ると音更さん達三人は僕に心配そうな視線を送ってきていた。

特に心配そうなのは、見覚えのない大人しめの女子だ。彼女は今にも泣きそうな視線を僕に向けている。

彼女と視線が交差する。うん、ごめんね。心配させて。僕は安心させるように微笑むんだけど……。

……あれ?

なんか彼女の目に……見覚えがある。あの目は、間違いじゃなければ……もしかして?

いやでも……。いまいち確信が持てない。

でも……違ってたらごめん、七海さん。僕は自分の彼女に心の中で謝る。そして、三人の中の見覚えのない女の子を指さした。

「僕はそこの女の子の彼氏なんですよ。ナンパにあってたら止めるのは、彼氏として当然でしょう？」

指さした女の子の姿に見覚えはない。それは確かだ。だけどその、僕を心配そうに見ている目にはどこか見覚えがあった。

僕は、そんな女の子の彼氏であると彼等に告げた。

そして、それを聞いた男達は大爆笑する。僕はそんなに面白いことを言っただろうか？

怒りも笑いも沸点低いなぁ。

「あー、なんだよ一番地味な子の彼氏かよ。じゃあいいよ、その子だけ連れて帰んな。根暗ゴキブリと地味眼鏡でお似合いだよ。他の子は俺等が……」

「いや、そういうわけにはいかないですよ。他の二人も嫌がってるんでしょ？　流石に彼女の友達を放ってなんて帰れないですよ」

今度は僕が劣化先輩の言葉を遮る。

それが彼には相当に腹の立つことだったのか、彼は僕の胸倉を掴んで今にも殴り掛かかってきそうな勢いで叫ぶ。

「イキッてんじゃねーぞ陰キャが!!　殺されたくなきゃさっさとどっかいけや!!　てめーの彼女もまとめてやっちまうぞ?!　あぁん?!」

胸倉を掴まれたその瞬間に、僕がかけていた保険が到着した。お願いしていたとはいえ、タイミングはバッチリだ。

「何をされているんでしょうかお客様……？　他の方にご迷惑ですので、こちらまで来ていただけますか？」

それは、見るからに屈強な数人の警備員さん達だ。

彼らは男達を逃がさないように、僕等を含んで取り囲んでいる。お願いしていたよりも人数が多いことに、こちらとしてもビックリだ。

「あー？　……いや……俺等は別に何も？」

「あぁ、警備員さん。いいところに来てくれました。暴行罪の現行犯です。警察を呼んでいただけないですか？」

「はぁっ?!　なんだよ暴行罪って?!　なんもしてねーだろが!!」

僕の胸倉を掴んだままの劣化先輩が僕を睨みつけながらも、怒りの混じった驚愕の声を上げる。

「知らないんですか？　胸倉を掴んだだけで暴行罪って成立するんですよ。これだけの目撃者もいますし、言い逃れできないでしょ。警察に逮捕されますよあなた」

僕は、怖さから震えそうになる体を必死になって押さえながら、努めて冷静に彼に事実を告げる。声も震えないようにするのは大変だった。

ネットでの聞きかじりの知識ではあるが、確かそんな話を見たことがある。まぁ、実際に警察を呼ばれても面倒だから脅しでしかないけど……。

彼は逮捕という単語に体が固まってしまったのか、僕の胸倉から手を離すことができなくなっていた。

「あなた達二人も、この人と一緒なら同罪になっちゃうんじゃないですか？」

胸倉を掴んだままの男性に構わず僕は、残りの二人に対して首だけを動かして視線を向けて口を開く。

別に一緒にいるだけで同罪になるわけがないのだが……僕の視線を受けた二人は、先ほどまでの笑みがなりを潜め、途端に不安げな表情を浮かべていた。

「お……俺等は関係ねーよ。そいつがナンパしようって言いだして……。胸倉掴んだのもそいつだけだし、捕まるならそいつだけだろ」

「そ……そうだよ、俺等はそいつに付き合っただけだ、別に何かしたわけじゃない。関係ねーよ。おい、行こうぜ」

こういう人達の友情など脆いものなのか……。劣化先輩の連れの二人は警備員に囲まれた枠から出ようとする。

劣化先輩はそんな二人に対して、絶望と怒りを混ぜた表情を向けていた。

「そうですか、確かにこの人しか僕の胸倉は掴んでいないですし……あなた達二人は関係ないかもしれないですね。行ってもいいですよ」

僕らの言葉に二人はほっとした表情を浮かべると、そのまま警備員さん達の人垣が少しだけ割れ、そこから足早に去っていった。

本当、見切りが早いというかなんというか……。

「オイ！　待てよお前等!!　お前らぁぁぁぁぁぁぁぁ!!」

一方で、見捨てられた劣化先輩はやっと僕の胸倉から手を放し、逃げた彼等を追おうとするのだが……それはさすがに警備員さんに止められていた。

二人に対する恨み言がショッピングモールに響くが、彼は警備員さんにそのままどこかへと連れていかれた。

別に僕は本当に彼を暴行罪で起訴したいとかは無いので、あとはこのまま警備員さん達にお任せだ。彼女達を助け出せた段階であとはどうでもいい……。

とりあえず、僕は警備員さん達にお礼を言うとそのまま三人に駆け寄った。

「三人とも、大丈夫だった？　ごめんね、格好よく助けられなくて」

「いやいやいや、十分だよ。ありがとうね簾舞。また危うく手を出すところだったよ」

「ほーんとほんと、まーた初美が相手の男をボッコボコにぶん殴っちゃうかと思ったけど、ホッとしたよー」

音更さんが握り拳を作ると自身の目の前に持ってきて、神恵内さんがそれを呆れたように見ていた。

……あれ？　もしかして僕が助けなくても自分達で何とかできたんだろうか？

「強いんだね、音更さん……？」

「こんな格好しているとよくナンパされるからねー。自衛するためにおに……彼氏に鍛えてもらってるんだ。たぶん、下手な男よりは強いよ」

「おに……？」

「あー、初美の彼氏って義理のお兄ちゃんなんだよ。格闘家やってる音更総一郎って知らないかな？」

「いいじゃん。義理の兄弟は結婚できるんだから、何の問題もなし」

あいにくと格闘技には詳しくないのでその名前は聞いたことがなかった。だけど、そんなお兄さんに鍛えられているならやっぱり僕は余計なことをしたのだろうか。

しかし……音更さんは随分と濃いキャラの人だったようだ。義理の兄弟が彼氏って、まるで漫画のようだ。

「それなら僕、余計なことをしちゃったかな……？」

「いやいや、助かったよ。今度しつこい相手をボコボコにしたら、お……彼氏がボディガードでずっとつくとか言い出してたからさ」

　それならよかった……のかな？　まぁ、僕が余計なことをしたということでなければよかった。

「でも、簾舞って凄いよねー。これも愛の力ってやつなのかな？　ねぇ、七海ー？　そろそろポーッとしてないで会話に参加したら？」

　神恵内さんが、後ろのおとなしい女性に対して声をかける。僕はそこでやっと、予想が当たっていたことを知る。

　僕は改めて彼女の目を見ると……やっぱり眼鏡の奥に光るその眼には見覚えがあった。あの綺麗な目は……。

「七海さん……？」

「う……うん。えっと……陽信……助けてくれてありがとうね。あと、この格好でも私って気づいてくれて……すっごくうれしかった……。」

　そこにいるのは学校とは全く違う……学校の時とは正反対ともいえる格好をした……七海さんだった。

……確信が持てたわけじゃなかったんだけどね。でも、そうじゃないかとは思ってた。

「私、ギャル系のファッションも好きだけど、実はこういう格好も好きでさ……。二人と遊ぶときはわりかしこうなんだけど……えっと……ガッカリしちゃったかな？」

「……そんなことないよ。可愛いし、似合ってる。ほら、僕なんてこんな根暗ゴキブリって言われるような上下真っ黒だし、こういうのを、私服がやばいって言うのかな？」

音更さんと神恵内さんが僕の言葉にプッと噴き出した。うん、あれはさり気にうまい表現だよね。僕としては怒るよりも納得感の方が強かったよ。

まぁ、今日は服を買ってよかったといったところか。七海さんにも会えたし、ナンパからも助けられた。ナンパの方は別にいなくてもよかったけど。

「それにしても、よく私だってわかったね？」

「それが愛の力ってやつでしょー？」

「そーだねーそーだねー、そうだよねー簾舞？」

そう言われると罪悪感が湧き上がる。僕は七海さんだと確信して助けたわけではないのだ。それを告げるとガッカリされるかもしれないけど、正直に言ってしまおう。

「いや、ごめん。見覚えがある目だとは思ったけど、確信が持てたわけじゃなかったんだ。七海さんに似てるとは思ってたよ。こっちこそガッカリさせちゃったかな？」

僕の言葉に、七海さんはゆっくりと首を横に振ると僕に笑顔を見せてくれた。眼鏡はかけているし、いつもと格好は違うけれど、その笑顔はいつもの笑顔だ。

「ううん、ガッカリしてないよ。陽信が私だって知らなくても助けてくれる優しい人で、嬉しい」

「そっか。それは良かった。怖くても頑張ったかいがあったよ」

なんで彼女が自分が写った写真を僕に送ってこなかったのか、これで分かった。彼女は自分の今を僕に見せるのをためらったんだろうな。なんだかそれも可愛く思える。

それから少しの間、周りに誰がいるかも忘れて僕と七海さんは見つめ合った。なんだかそれだけで幸せな気分になる。

それを中断させたのは、二人の言葉だった。

「お熱いねぇ、お二人さん。このままデートしちゃえば？　あ、明日もデートだっけ？二日連続？」

「そうだそうだー。行っちゃえよー」

その言葉で、僕らは現実に引き戻される。七海さんは茶化してきた二人に怒って、僕はあいまいな笑顔を浮かべるだけだった。

二人が許してくれるならそれもいいかなと思ったのだけど……自身の格好を見下ろして

それを思い直した。

「そうしたいのはやまやまだけどさ、今日は僕、明日のデート用の服を買いに来たから……今日は予定通り三人で楽しんでよ」

「陽信、そんな、わざわざ新しいの買いに来たの……？」

「いや、ほら。僕ってこんな服しか持ってなかったからちょうどいいなって思ってさ。だから明日はもうちょっと違う格好で会えると思うから、楽しみにしててよ」

少しだけ申し訳なさそうにした七海さんだったが、そんな顔をしないでほしい。

だって、今の七海さんを見て僕はやっぱり服を買いに来て良かったと思っているんだから。改めて自身の格好を見ると本当に真っ黒で、今の七海さんの隣に立つのが恥ずかしくなるくらいだ。

今日はこうやって、不意に会えただけで満足しておいた方が良い。これ以上は僕がいたたまれない気持ちになってしまう。

「なるほどねぇ、やるじゃん簾舞。それじゃ、楽しみは明日にとっといた方が良いねぇ」

「んじゃんじゃ、今日は彼女を借りとくねー。簾舞ー」

二人は納得してくれたのか、まだ少しだけ名残惜しそうにする七海さんを連れて行く。

僕はまた明日ねと七海さんに挨拶すると、七海さんは黙って首を縦に振り二人についていった。

そして、踵（きびす）を返した僕の背中に七海さんの疑問がぶつけられた。

「ねぇ、陽信……明日は、どっちの私が見たい？」

僕は振り返り七海さんを見る。非常に難問だけど、僕は僕なりに考えて笑顔で答える。

「七海さんが自然になれる格好なら、どっちでもいいよ」

お弁当のリクエスト時には彼女を困らせそうな答えだけど、彼女は僕の答えに嬉しそうに微笑んでいた。

そして、デート当日。今日は日曜日だ。

「おはよう、七海さん。時間よりちょっと早いけど、迎えに来たよ」

「……おはよう、陽信。昨日はありがとうね」

僕は七海さんの自宅から少しだけ外れた場所から連絡（れんらく）して、出てきた彼女と会う。ご家族にバッタリと会わないための苦肉の策である。

会っても問題はないんだろうけど、なんだか恥ずかしくてこういう形にさせてもらった。

密会のようで、少しだけワクワクしてしまう。

今日の彼女の格好は、少しおとなしめだ。

白いブラウスに薄い青のロングスカートを穿いている。けど、所々でギャル系と言うのかな？　ブラウスからは肩を出していたり、ピアスなんかのアクセサリー類が光って見える。

おとなしめな服にギャル系を融合させているというか……僕の語彙力では、これをなんて表現すればいいのかわからない。なんて言うんだろうかこれは？

ただ可愛いということだけは理解できる。

僕は昨日買ったばかりの服に初めて袖を通して、少し落ち着かないのだけど……これなら少しは彼女の隣に立っても見られる格好かなと、今は思えている。

バロンさんや先輩達には本当に感謝だ。言われなきゃ僕は真っ黒で彼女の前に立っていたことになるのだから。今更ながらゾッとする。無知とは恐ろしい。

「今日はまた雰囲気が違うね。似合っているよ」

「うん……こっちの格好なら男の子とデートだって、お父さんにも気づかれないと思って。初美と歩と今日も遊ぶんだと思ってるはず」

どうやら、七海さんは僕と交際しているというのは家族には秘密のようだ。まぁ、僕も秘密にしているけど。

　僕の場合は深い意味はない。ただ、なんとなく言いづらいのだ。親に彼女ができたと報告する高校生はどれだけいるんだろうか？

　ただ……僕の両親は何か感づいているのかもしれない。

　昨日、僕が非常に珍しく服を買ってきて、しかもそれが黒以外というのだから驚かれたのだけど、それ以上は特に言及されなかった。父さんは「そうかそうか……」とだけ頷いて何か感慨深げにしていた。

　そして今朝、僕が起きると二人はもういなかったけど、両親不在時の生活費が普段よりもだいぶ多くテーブルの上に置かれていた。

　こんなことは今までなかった。ありがたいけど、何も言ってこないのが逆に怖い……。いや、今は両親のことは置いておこう。

　今日の僕は服が違うからかどこか無敵感と万能感を覚えている。しっかりと七海さんをエスコートしなければ。

「それじゃあ、行こうか」

「うん。あぁそうだ……陽信、あのさ……」

「ん？　何？」

「その服、似合ってる。格好良いよ」

……しまった、先に言われてしまった。

そうだよ、僕に足りないのはこういうところだ。なんで可愛いって言葉が先に出てこないんだ。

それに、朝からそれはずるい。彼女は華のような笑顔を僕に見せてくるが、僕はその顔を見返すことができずに顔を真っ赤にする。

心にあった無敵感と万能感が一気に吹っ飛んでしまった。変わりに別のもの……幸福感で満たされる。

「七海さんも……その格好、似合ってて……その……か……可愛いよ」

僕は精一杯の反撃をするのだが、彼女は「知ってるよー」とだけつぶやいて僕の隣に来ると、そのまま僕の手を取る。

いつもと同じ彼女の手にどこかホッとした。……ちょっと前は手を繋がれるだけで緊張していたというのに、これも成長したということかな？

あ、七海さん耳が赤いからちょっとは喜んでくれてるっぽい。反撃成功かな？

「結局、今日は何の映画にしたの？」

「あぁ、今日は七海さんが見たがっていたアメコミ映画にしたよ。まだ見てないって言ってたからさ。ネットでチケットを買って、席もちゃんと取ってあるから」

「そんなことできるって知らなかったよ。いっつも二人と行くときはその場で買ってたから。……で、ちゃんとカップルシートにした？」

「してない……というかあの映画館にはそれが無いの知ってるでしょ。揶揄わないでよ」

僕の隣で歯を見せて「ニシシ」とよくわからない笑い声をあげる七海さんに僕は苦笑する。まぁ、席は隣同士にしてあるので、実質カップルシートのようなものだ。

ちょっと格好が変わってても中身は七海さんのままだ。僕をよく揶揄うけど、自爆もよくする七海さん。そんな可愛い女の子とデートできるとは、今の僕は世界一幸せだろう。

「そういえばさ、僕このシリーズ見たことないんだけど、初めてでも楽しめるかな？」

「んー、そこは大丈夫だと思うよ。私も途中から見てハマった口だし。シリーズ全部見ているわけじゃないしね」

「そっか、それならよかったよ。調べたら二十作品以上あるんだもんねこのシリーズ」

「陽信もハマったらさ、今度はレンタルして一緒に見てみようよ。まぁ、ハマってなくても付き合わせるつもりだけどー」

二十作品を全て一緒にか……それは夢のような話だ。それこそ、シリーズ全部を見終わるには一ヶ月なんていう期間は全然足りないだろう。

いや、無理をすれば行けるかもしれないが。彼女が言っているのはそういうことじゃない。

彼女はこの関係を、どう思っているんだろうか？

練習台としてなのか、罰ゲームとしての義務感からなのか、それとも……本当に僕に好意を寄せてくれているのだろうか？　時々、悲しそうな顔をするのは罪悪感からなのか。

僕はこの関係が罰ゲームであるということを知っている。でも彼女は、僕がそのことを知っているとは知らずに、僕に笑顔を向けてくれている。

屈託のない笑顔で、そこには悪意の欠片もなく……僕はその笑顔を見るたびに、彼女を騙している気分になるのだ。

現実にも女の子の状態を教えてくれる、親友ポジションの男友達が欲しくなる。もしくは、今の彼女の好感度を都合よく表示してくれるパラメータはないものだろうか。

僕はそういう経験が乏し過ぎるので、全くわからない。

『僕はもう、彼女さんは君にメロメロだと思うけどねぇ……一週間に満たない付き合いではあるけどさ、君から見て彼女さんは、そうやって男を騙せるような人なのかい？』

バロンさんの問いかけへの答えは、ノーだ。

それは即答できる。

　彼女はそんな、はっきり言ってしまえば器用な人じゃないと思う。だけど、それとこれ……僕が好きだという感情とは別じゃないかなとも思ってしまうのだ。

　我ながら何というか、ネガティブをこじらせているとは思うけど、どうしてもあと一歩の勇気が出ないのだ。ここまでやっておきながら……。

「陽信……？　もしかして、映画は一人で見る派だった？」

　彼女の言葉に我に返る。そうだ、今の僕は彼女とデート中なのだ。ネガティブな考えは後にして今は彼女と楽しむことだけを考えよう。

「そんなことないよ。ただ、家でレンタルで見るとなると必然的に二人っきりで、緊張して映画の内容が入ってくるかなと思ってさ。それにシリーズとしても多いし……見終わるのに一ヶ月以上はかかるよね」

　僕の言葉に、彼女の顔に一瞬だけ影が差す。

……しまった、直前まで罰ゲームのことを考えていたので一ヶ月という単語を出してしまった。なるべくそのことは出さないようにしていたのに、失敗した。

　彼女はその影を一瞬で引っこめると、一度目を閉じて僕にほんの少しだけ、気が付かない程度に悲しそうな笑顔を向ける。

「じゃあさ、少なくともさ……シリーズ全部見終わるまでは私達、付き合ってようね？」

その言葉を受けて僕は言葉に詰まる。それは、一ヶ月経過しても僕と付き合ってくれるという解釈でいいのだろうか？　僕は、己惚れてもいいのだろうか？

……変な空気になってしまったので、僕は軽口を叩いてこの空気を吹き飛ばすように努める。彼女にこんな悲しい顔をさせてはだめだ。今日は楽しんでもらわないと。

今日は彼女のための日なのだ。

「ひどいなぁ、シリーズ全部見終わったら僕、フラれちゃうの？　だったらなるべく見るのは引き延ばさないと……。前にも宣言した通り、僕は七海さんを離す気はないよ」

言ってから、我ながらちょっと気持ち悪いかなとも思ったが、七海さんは僕の言葉にいつもの笑顔に戻ってくれた。良かった、引かれなかった。

「大丈夫だよ、シリーズはずっと続くから。もう来年も新作の公開決まってるんだよ？」

「なるほど、長寿シリーズになればなるほど、僕等の関係は安泰というわけだね」

ようやく僕等は笑い合った。やっと七海さんもいつもの笑顔だ。ホッと胸をなでおろして、手を繋いで映画館に向かう。

「……やっぱりさ、陽信って女の子と付き合ったことあるでしょ？　妙に慣れてる感じするし、服だってわざわざデート用に新調したりさ。私なんて、前からある服だよこれ？」

「そんなことないよ……今日だって僕、ソシャゲの友達とか標津先輩に言われなかったら昨日の服でデートに来る気だったんだよ？　あれは無いって止められたよ」

「ちなみに、なんて言われたの？」

「先輩には『君は忍者か暗殺者なのかい?!』って言われたよ。ひどくない？」

七海さんがそこで吹き出した。

「……忍者……忍者って……忍者……クフフ……フフ……」

どうやらツボに入ってしまったようで、顔を伏せてプルプルと震えている。ちょっとツボが分からなかったけど、受けたならよかったと思っておこう。

「昨日はじゃあ……忍びの技で私たちを助けてくれたんだね……改めて……ありがとう忍者さん……フフフッ……」

「……本当に忍者ならもっと華麗に助けてるよ」

笑いに震える声で彼女にお礼を言われてしまったのが、ちょっと複雑だ。そんな風に話しながら移動していると、映画館に到着するのはあっという間だった。

券を引き換えて飲み物とポップコーンを買って……準備は万全だ。

「ねぇ、やっぱり私も半分出すよ」

「ダメだよ。今日は日ごろのお弁当のお礼なんだからさ。ここで半分出してもらっちゃったら、僕はどうやって七海さんにお返しをすればいいのさ」

彼女は僕の言葉に渋々ながら納得してくれた。ちなみに、今日の昼も僕が出す気でいる。最初はこの時に何かプレゼントでも贈った方が良いのかな？　とも思ったんだけどそれはバロンさんに止められた。

『うーん、さすがにまだそれは早いんじゃないかな。少し重い気がするよ。プレゼントは贈るとしたら、一ヶ月記念日とかの方がまだいいと思うよ』

一ヶ月……一ヶ月か。

僕はそれを記念日にできるよう、頑張ろう。

だから、今日のお昼代も僕持ちで、あとはショッピングモールをブラブラしたら、夜に七海さんを家まで送って……今日のデートは終了。そんなプランだ。

もっと色々とやった方が良いのかと考えていたんだけど、そういうわけでもないらしい。

そうこうしている間に上映時間が迫り、僕らは一緒に映画を見る。

席に座っている間は、僕と七海さんはなんてことのない話をする。日曜日も一緒にいるなんて不思議な感じがするとか、映画が楽しみだねとか、前に七海さんが見た時の感想をネタバレしない程度に教えてくれたり……。

こんなに自分が誰かと話をするなんてビックリだ。普段の学校とはまた違う、女の子と映画館なんて場所で、普通に話せるなんて。

徐々にスクリーンが光り、それに合わせるようにシアター内の明かりが暗くなっていく。

七海さんは映画が始まるとスクリーンに視線を移した。

僕はスクリーンを見ず、薄暗くなっていく中で七海さんの横顔を見ていた。光が消えて真っ暗になるその一瞬、彼女の横顔はとても綺麗だった。

映画よりも、そっちの方が強く印象に残るくらい。

シアター内が真っ暗になると映像が始まり、それからは会話もなく、僕等は映画に没頭する。映画の内容は確かに面白かった。アクションの派手さや、ストーリーの重厚さなど見応えがあり、手に汗握る展開に興奮する。

途中、映画のお約束なのか恋愛的な展開が挿入される。それはヒロインとのキスシーンだったり、濡れ場の直前のような雰囲気を出したりと、思わず僕は横目で七海さんの方を見てしまう。

すると、彼女も何故か僕の方へと視線を向けていて僕等の目が不意に合う。

彼女は喋らずに、口をパクパクと動かして僕に何かを伝えてきた。きっと、少し気まずいねとかそんなことを伝えたいんだと思う。

スクリーンに照らされた彼女の笑顔が見えて、どちらともなく僕等の手が触れあった。なんだか手を繋いでいる時とはまた違って、僕等はそのまま手を重ねた。

結局、重ねた手は映画が盛り上がる頃には離れていたけど、それでも僕の手には彼女の手の温もりが残る。

七海さんは楽しそうに映画を見ている。僕も映画を見つつ、七海さんの横顔を見たりとせわしなく視線を動かしていた。

恋愛映画を選んでいたら、ずっと手を重ねたままだったのかな？　そんなことを考える。気づけば映画より、七海さんの方に気を取られている時間の方が多かったかもしれない。

映画は映画でしっかりと楽しんで、見終わった後の七海さんなんか興奮しっぱなしだった。興奮冷めやらぬ僕等は、近くの喫茶店で感想を言い合うことになった。

「いやー、もう手に汗握るってまさにあのことだね、戦闘シーンの迫力が凄かった！　それにあのラスト!!　感動的だけどちょっと切ない……やっぱりヒーローは地球のために戦わないと!!」

「そうだね、面白かったよ。でもやっぱり前作を見てなかった僕は、ちょっとだけ『なんで？』ってなるところもあったなぁ」

「私もそうだよ。見たことないシリーズの話が入っちゃってたから、気になって気になって……。今回のはシリーズの集大成っていう意味がよくわかったよ」

「七海さんも知らない話が入ってたんだ。すごい楽しそうな顔をしていたから、てっきり全部知っているのかと思ったよ」

「……もしかして、あの後も映画を見ないで私の顔見てた？」

しまった、バレた⁉　目が合った後、七海さんは今どんな顔なんだろうとたびたび彼女の顔を見ていたのを自ら白状してしまった。

半眼で僕を睨むようにする彼女に、僕は目をそらしながらごまかした。

「ほら、隣にいたからよく目に入っちゃったんだよ。……たまたま……たまたまだよ。七海さんも僕と目が合ったでしょ？」

僕のごまかしに七海さんはしばらく半眼のままだったが、許してくれたように仕方ないなと言わんばかり一つため息をついて苦笑を浮かべた。

「そうだねー、目が合ったよねぇ。ビックリしちゃった」

七海さんはそれ以上何も言わない。僕と手が触れ合ったことは、話題に出さなかった。

それは何を思ってなのかは分からないけど、僕もあえて口にはしなかった。

恥ずかしいのか、それとも雰囲気に流されただけなのか、それとも……二人だけの秘密にしたいと思っているのだろうか？

それから僕らは感想を言い合ったり、お昼を一緒に食べたり、彼女が僕の服を見立ててあげると一緒に服を見たりと、とても楽しい時間を過ごしていた。

それこそ、時間の経過があっという間に感じられるほどで、気がつけばもう夕方だ。

今日は彼女とは夕方までと考えていた。あまり夜遅くなっても親御さんが心配するだろうし、さすがに夕飯まで一緒に取る度胸が、そもそも僕にはないからだ。

夕飯まで女子と二人きりって……割とハードルが高いと思う。

「今日の晩飯はどうしようかなぁ……」

僕はそろそろ彼女を家まで送ろうかと考えていた中で、我知らず呟いていた言葉を七海さんに聞かれてしまう。

「今日の夜？　お家で食べるんじゃないの？」

「あぁ、今日は両親とも出張でいなくてさ。帰ってくるのは明日の夜の予定なんだよね」

「じゃあ今日の夜ってどうするの？」

「あぁ、適当に総菜でも買うか、出前か外食かなって思ってるけど……」

僕の言葉に、七海さんは少しだけ何かを考えるような素振りを見せてから口を開く。

「そんなのダメだよ、栄養とか偏るよ？」

「んー……でも、僕って料理しないからなぁ。まぁ、一食くらい平気でしょ」

「うん……わかった！」

七海さんのその言葉に、てっきり僕は納得してくれたのかと思ったのだが違っていた。

彼女の表情はどこか覚悟を決めたように、強い決意を瞳に宿していた。

「ん？」

「今日は私が、陽信の家に行って夕飯を作ってあげる‼」

……え？　なんでそうなるの？

今、目の前に起きている光景……これは現実なのだろうか？

僕は頬を思いきりつねる。その痛みが、目の前の光景が現実であることを僕に教えてくれる。うん、痛い。それでも現実感がない。

「陽信の家って、調理器具は揃ってるんだね。まぁ、一人暮らしじゃないから当たり前か。普段はお母さんが料理を作ってるの？」

「あ……うん。母さんか父さんか……先に帰ってきた方が料理を作ってるんだ」

「お父さんも料理するんだ、凄いねー。うちのお父さんは全然料理できないよ。作れるのは炒飯くらいかな？」

「僕は全然料理しないから、七海さんのお父さん十分凄いと思うよ。僕はハンバーグだってまともに焼けないし、炒飯すら作れるか怪しいよ」

「じゃあ今度、私が料理教えてあげるよ。料理できる男の人ってポイント高いよ？」

「んー……七海さん以外にポイント稼いでもなぁ」

僕の言葉に、七海さんは無言になってしまった。何か変なこと言っちゃったかな？

目の前には、うちにあるエプロンを着けた七海さんが台所で料理している光景が広がっている。ただ料理をしているだけなのに、その光景は今日見た映画よりも強い衝撃を僕に与えていた。

最高の映像が、リアルタイムで目の前を流れている。

これは無料で見てもいい光景なのだろうか？　映画だって無料では見られないのだ、何かお金を払った方が……あぁ、もうある意味で払ってはいるのか……。

いや、落ち着け。とにかく落ち着こう。なんでこうなったのか……時間はほんのちょっとだけ遡る。本当にちょっとだけだ。

七海さんは「今日は私が、陽信の家に行って夕飯を作ってあげる!!」と言い出すと、僕が何かを言い出す前に手を引いてショッピングモールの食品売り場へと移動した。

テンション高く張り切っている彼女を止める術はなく……僕等は食品売り場へと到着した。あんまり見慣れない光景に僕と七海さんの二人が立っている。

「ちなみにさ、今日は何を食べるつもりだったの？」

「いや、まだ全然考えてなかったよ。ちょっと歩いた先に餃子のチェーン店があるから、そこで餃子定食でも食べるかなと……安いし」

「餃子かあ……本当はタネを寝かせたいけど……うん、じゃあ餃子を作ろうか。包むの手伝ってくれる？」

「あ、うん。僕にできることなら……」

圧倒されてた僕は、そこでやったこともない料理の手伝いを承諾する。まぁ、餃子を包むくらいはできるだろうとその時は思っていた。

「それじゃ、お買い物……あ、ちょっと待って」

彼女は歩き出そうとする足を止めてスマホを取り出した。それから、誰かに連絡を取りはじめる。

僕はそのやりとりをただ眺めるだけだったのだが、彼女は「よし」と呟くと少し頬を赤くしてスマホをしまう。

「七海さん、どうしたの？」

「ん？　お母さんに今日は初美達と夕飯を食べることにしたからいらないよって連絡だよ。あと、初美達にもちょっと連絡をね……」

悪戯をした子供のように、ぺろりと舌を出す七海さんだ。ご両親に対して嘘をつかせてしまったのか……それは申し訳ないことをしたな。

「それじゃ、買い物しようか。餃子の材料って分かる？」

「あぁ、うん。流石にそれくらいは……分かる……と思う……きっと……たぶん」

小首を傾げながら少し意地悪く、だけど可愛く笑う彼女にちょっと意地になって答えたけど……ごめんなさい、全然分かんないです。ひき肉とニラ……あ、あとニンニク？

彼女は淀みない手つきで材料をどんどんとカゴに入れていく。白菜も餃子に入れるのか……。ワカメとかキャベツとかトマトはなんに使うんだろうか。これも餃子の具材？

「あぁ、これ？　餃子だけだと野菜が足りないからサラダとワカメスープも作ろうかなって。ちゃんと手伝ってね？」

「善処します」

そんな感じで必要な材料を僕等は買った。

もちろん、材料費は僕持ちだ。彼女は割り勘にすると最後まで抵抗したのだが、お金は多めにもらってたし、料理を作ってもらうのに申し訳ないと説得した。

……父さんと母さん、これを見越して多く渡してたわけじゃないよね？　見越してたらエスパーすぎるけど。

　そして僕の家に向かう帰り道……彼女が放った一言が未だに頭に響いている。

「夕飯の材料を買って一緒に帰るって、なんかさ……新婚さんみたいだよね？」

　七海さんは僕を悶えさせて殺す気なのだろうかと思うくらい破壊力のある一言で、僕は気の利いた返事を何もできなくなる。

　言葉が出ないとはまさにこのこと。

　僕の家に着くまでの間、彼女は上機嫌で、僕は心中穏やかじゃなかったけど……嬉しかったし、楽しかった。

　そして今に至るというわけだ……。

　僕は今、七海さんに渡された餃子のタネを皮に包んでいる最中だ。最初の数個は七海さんが教えてくれて、それからは僕が一人で包んでる。

……手本を見せてくれたのに、彼女のように上手く包めないのは仕方ないだろう。七海さんは今、餃子を僕に任せてスープやサラダ等の副菜を作っている。

　母親の料理風景をじっくり見たわけではないから分からないが、かなり手際が良いのではないかと思う。

　それこそ、新妻のように。

……ダメだ、さっきの七海さんの言葉が強烈で思考がそっちに行ってしまう。今の僕は餃子包み機だ、無心で餃子を包め。

それから、七海さんは台所での調理は終わったのか、僕の目の前に座ると一緒に餃子の包みを始める。その手際の良さは僕の二倍……いや、三倍は早いかもしれない。

しかも、形も綺麗だ。僕の包んだ餃子とは雲泥の差である。おかしい、今の僕は餃子包み機であるはずなのに……。

「七海さんは綺麗だね」

「へ……？　何?!　突然!?」

……僕の言葉が足りなくて、七海さんを無駄に赤面させてしまったようだ。皮が破れて一個餃子が犠牲になる。まぁ、焼けば大丈夫だろう。

「ほら、僕の包んだ餃子とは雲泥の差だからさ。やっぱり七海さんは料理上手いなって」

「あ……あぁ、そういう意味ね……でも陽信だって、初めてでそれは上手い方だよ。お父さんなんて具材をパンパンに入れてはみ出させたり、力入れすぎて破けたりするから」

そんな風に話しながら餃子を包んでいくと、あれよあれよという間に餃子の山が積み上がっていく。これは……もしかしなくても。

「作りすぎちゃったね」

「やっぱり、そうだよね」

二人分以上の餃子の山を前に、僕等はお互いに顔を見合わせて笑い合う。この量は五人分……いや、それ以上はありそうだ。

「二人分買うのって難しいんだね。それに、陽信のためだって思ったら張り切っちゃったし……」

七海さんは顔の前で両手を合わせながら少しだけ頬を染めていた。僕のための餃子……全部食べたいけど、さすがにこれは多すぎるなぁ。

「七海さん、余った分はお土産に持って帰ってよ。明日は学校だし、お弁当のおかずはこれが良いかな」

それに、この量は明日両親が帰ってきてからの言い訳が思いつかない。

普段絶対に料理しない僕が、わざわざ何で餃子を作ったのか……交際を秘密にしているだけに上手く説明ができる気がしない。

「……お母さん達には、初美の家で餃子パーティしてたって言えば良いかな？」

七海さんも家族には交際を秘密にしているようだが、僕とは異なりこういう時に頼れる友達がいるという強みがある分だけ有利のようだ。

僕の場合、学校内に限定して二言三言話す程度のクラスメイトがいるくらいで、友達と言っていいのか疑問だからなぁ。

七海さんと付き合ってからは、そのクラスメイトとも疎遠になっているし。相談できるとしたら標津先輩くらいなんだよな。

そう言えば、先輩にも服のお礼に七海さんの料理をお願いする約束してたっけ。でもこれ、僕も手伝ったしなあ……。約束を果たすのは、また今度にしようか。

それから、七海さんは作り終えた餃子を次々に焼いてくれた。

その間の僕は手持ち無沙汰なので、皿を用意したりテーブルを拭いたり……普段はやらない家事の手伝いをしたりする。

……ほんとに夫婦感があるなこれ。

僕が用意している間に完成したのは、パリパリの羽が付いた焼き餃子だ。見事な焼き色で、良い香りが漂ってくる。

それにワカメと春雨のスープに、野菜サラダ、後は……たっぷりの大根おろし？

「うちは餃子食べる時って、タレに大根おろしを入れるんだ。さっぱりして食べやすくなるよ」

「へぇ、それはやったことなかったな」

ご飯もよそって、僕等は向かい合わせに座る。なんだろうか……向かい合わせに座るとしつこいようだけど本当に新婚になったみたいで照れる。

「い……いただきます」

「はい、召し上がれ」

まさかお昼以外でもこのやりとりをすることになるとは……思ってもいなかった。七海さんもそう思っているのか、ほんのり頬が染まっている。

七海さんが作ってくれた料理は相変わらずとても美味で……僕等は笑い合いながら食事を取った。

両親がいないのに幸せな気分に浸れる夕飯というのは僕にとって初体験で、なんだか涙が出そうになったが、それはなんとか堪えることができた。

でも、ご飯をお代わりする時に僕が自分でやろうとしたら、わざわざ彼女が席を立ってよそってくれた時はヤバかった。

泣くのもそうだけど、無性に彼女を後ろから抱きしめたくなった。なんとか自制したけど。本当に、その背中が魅力的に見えたからだ。

そして食事を終えて……皿洗いも碌にしてこなかった僕は七海さんに教えてもらいながら、一緒に後片付けをする。片付けというのはこんなに楽しいものだったのか……。

楽しい時間はあっという間に過ぎる。もう夜も遅くなり、七海さんが帰る時間となってしまった。

名残惜しいが、仕方がない。

「七海さん、送っていくよ」

「え……それは悪いよ。流石に」

「昨日の件もあるし、心配なんだ。それに流石に、夜に一人で女の子を帰らせるわけにはいかないよ」

まぁ、僕の家から送ることになるとは思っていなかったけど……。でも、夜道に七海さんが一人で帰るとか、僕は心配で気が気でなくなってしまう。だったら一緒に行った方が良い。

「……それじゃあ、お言葉に甘えて」

流石に彼女も昨日のことを思い出したのか、少し不安そうに僕の提案を受け入れてくれた。お土産用の餃子も包んで持ったし、忘れ物はない。彼女の痕跡も……家には残ってないだろう。

これで明日、両親が帰ってきてもバレることはないはずだ。まぁ、バレても不都合はなく……ただ僕がなんとなく気恥ずかしいというだけなのだが……。

「それじゃあ、お願いします」

差し出された彼女の手を取り、僕は七海さんを、家まで送り届ける。

当然、お土産の餃子は僕が持っている。日々成長している僕は、それくらいの気遣いはできるようになっているのだ。

道中は今日の楽しかったことの話から、次はどこに行こうかという話、僕も七海さんに料理を教えてもらおうかという話……とにかく話題には事欠かなかった。

だから、あっという間に七海さんの家までたどり着いてしまう。やっぱり名残惜しいけど、目的が達成されたのだから良しとしよう。

七海さんの家の近く、朝に待ち合わせをした場所はすっかり暗くなっていたが、彼女の家は目と鼻の先だ。ここならもう安全だろう。

「七海さん、じゃあまた明日」

「うん、陽信……今日はありがとうね。凄く楽しかった」

「うん……僕も……」

お互いに笑顔を交わし、僕も楽しかったと言おうとした直後に……七海さんの後ろにとても大柄な男性が唐突に現れた。

背丈は標準先輩と同じかそれ以上……筋肉の盛り上がりが服の上からも分かる程で、身体の厚みは先輩以上だ。

その人の出現に、僕は咄嗟に七海さんの前に出て彼女を背にする。その顔は一見すると怒っているように見えて、かなり怖い。

こんな人に万に一つ……いや、億に一つも勝ち目はないが、せめて七海さんが家に入るまでの時間は稼ごうと覚悟を決めると……。

その大男が口を開いた。

「七海……そっちの男の子は誰だい？」

「お……お父さん……なんで？」

お父さん。

おとうさん……？

お父さん⁈

僕は七海さんを振り返り、それからお父さんと言われた人物を見る。……悪いけど、全然似てない。

それからその人は……僕に対して威嚇するような笑顔を見せてきた。

……どうやら、僕の今日はまだ終わらないようです。

待ちに待った日曜日のデート。私にとって男の子との人生初デート……陽信にとっても初デートなのが凄く嬉しかった。お互い初めて同士なのだ。

昨日の恋愛映画がちょっとエッチで、私はそのシーンを思い出して初美や歩とキャーキャー言いながら陽信にメッセージを送ったりしてた。

キスもまだしたことのない私が、ちょっとだけ悪戯心で彼に送ったメッセージだったんだけど、そこで私は『楽しみにしてる』なんて反撃を受けてあわあわして……。

ちょっと嫌なこともあったけど、それで陽信に会えたんだからむしろその出来事はプラスだった気もする。彼の意外な一面を見た気分だった。

初美も陽信の事を『勇気を出して助けに来るとか、おとなしいあいつからは考えられないよな』と言って褒めていた。彼女が同学年の男子を褒めるとか珍しい。

歩も『ギャル系のかっこしてない七海の事が分かってたとか、すごい』って言ってくれてた。私もそれがとても嬉しかった。

まぁ、今の言葉はポーッとしてて禄に聞いてなくて、後から教えてもらえた話なんだけど……。今日のデートは本当に、楽しいものになると良いなと楽しみにしてた。

そう考えてたんだけど、いや、楽しかったことは楽しかったんだけど……まさか自分があんなことを言うなんて思いもしなかった。

陽信の家に晩御飯を作りに行くなんて、自分で言ってから自分にビックリしていた。言っちゃったよ！　って。そんな感じに気づいたら口が勝手に動いていた。

食生活が心配だったのもあるけど、せっかく私のお弁当以外の料理を食べさせてあげるチャンスだったんだもん。そのチャンスを逃すまいと必死だった。

それに、デートの後に陽信が一人で寂しく晩御飯なんて、私がなんだか嫌だった。せっかくデートした日なんだから、最後も幸せに終わってほしい。それに私が貢献できるなら、もっと幸せだ。

それにもうちょっと一緒に居たかったし……。まぁ、提案した後にご両親が居ないことに気づいて、更に二人っきりということに緊張しすぎてその緊張を誤魔化すのに必死だったんだけど。

へ……変なことしないよね陽信なら……？　あ、でも……ほっぺにキスとかくらいなら……いやでもまだ……でも……。そんな葛藤が私の中に生まれていた。

結論として、変なことは何もなかったんだけどね。でも、最後の最後まですっごい楽しかったし、新婚さんってこんな感じなのかなってちょっと考えてた。

ご飯の準備を陽信は手伝ってくれて嬉しかった。私の料理を夢中になって食べてくれてる姿を可愛(かわい)いなと感じていた。

いつも家族で食べるご飯とも、屋上で一緒に食べるお弁当の味とも違う。一緒に作って、一緒に食べて、デートの話を一緒に沢山(たくさん)して。

陽信のご飯があっという間に空になってから、自分でよそっちゃおうとするのはちょっとビックリした。家だとお母さんがやってくれるのが当たり前だし、お父さんも基本的にお母さんにおかわりをよそってもらう。

なんかそこで、彼が普段一人でご飯を食べている方が多いのかなと少しだけ、寂しくなって私がやってあげると陽信を止めた。

既(すで)にご飯をよそう直前だった陽信はビックリしてたっけ。あんまり意味はないかもしれないけど、私の自己満足かもだけど、それでもやってあげたかった。

「ご飯の量、どれくらいがいい？」

「あ、えっと……気持ち多めでお願い」

そんな短いやり取りにも幸せを感じて、新婚さんってこんな感じかと思った後に……今のやり取りがお父さんとお母さんと同じだと気づいた時にビックリした。

私達、キスもまだなのにもうそういうレベルまで行っちゃったの？　ってね。……顔がにやけちゃったの、陽信に気づかれたかな？

そうして楽しい時間はあっという間に過ぎて、陽信が家まで送ってくれたところで……私は今日一番の衝撃を受けてしまった。

「七海……そっちの男の子は誰だい？」

陽信との別れ際、私の後ろから普段から聞きなれた声が聞こえた。その瞬間、陽信は驚きと警戒を露にする。そして、無自覚かもしれないけど私を庇うように動いてくれたのが嬉しかった。

でも……でもなんで、なんでお父さんが？　あぁ、陽信がビックリしちゃってる……。うん、うちのお父さんなんですこの人……。

　初デートで、相手のご家族と出会う確率はどれくらいのものなのだろうか？

　きっとソシャゲで目当てのキャラを手に入れるより低いだろうな。僕はそんなことを目の前の男性を見ながら考えていた。

　七海さんは、目の前にいるこの男性をお父さんと呼称した。身体が大きく筋肉質で、七海さんとは失礼ながら似ても似つかない男性だ。

　僕よりも頭一つ……いや、二つ分は大きいだろうか？　それでも標津先輩よりも背は低いはずなのに標津先輩より遥かに大きく見える。パッと見た印象は、プロレスラーだ。

「七海……もう一度聞くよ。そちらの男の子は誰なんだい？」

　まるで威嚇するような恐ろしい笑顔とは裏腹に、その声色はとても優しいものだった。

　しかもかなりのイケボである。

　もしかしたら、ただ顔が怖いだけの人なのかもしれない。

「その……私の……か……彼氏……」

七海さんは、観念したかのようにか細い声で呟く。それに対するお父さんの反応は、一瞬驚いた表情は見せたものの、思ったよりも冷静に見えた。

ここで激昂されてしまうのかと思ったのだけど、お父さんは少しだけ考え込む素振りを見せてから、笑顔を消して静かな声を出す。笑顔じゃない方が怖くないな。

「そうか、彼氏か。もう夜も遅い。立ち話もなんだ……続きは家で話そうか」

きっと後は家族の話になるだろう。これ以上、僕が言えることは何もないけど。

「……娘さんをこんな遅くまで引き止めてしまい、すいませんでした。僕が彼女を引き止めてしまったので……あまり怒らないであげてください」

何もできないけど、せめてできることはと考えて、謝罪を口にする。七海さんが少しでも怒られないように。

僕の後ろで七海さんが「違う、私が！」と叫んだけど、僕はそれに首を横に振って制止する。これは僕の不注意と、七海さんと一緒にいたいという心情が招いたことだ。

親御さんにしてみれば、遅くなった娘が見知らぬ男と一緒というのは不安になるのも仕方ない。七海さんの事情も、ご両親ならきっとご存じのはずだからだ。

彼女が後ろから僕の服をギュッと握る。その彼女に、僕は笑顔を返す。心配しないでと伝えたかったけど、伝わっただろうか？

僕の役目はここまでだ。これで帰ろうと思い、お父さんに会釈をしたところで、思わぬ言葉がお父さんから飛び出してきた。

「もう夜も遅い。帰りは車で送るよ。だから、彼氏君……君にも家で話を聞かせてもらいたいんだけど、どうだろうか？」

……まさかの家へのお誘いである。しかも彼女のお父さんから。彼女より先にお父さんから家にお誘いを受けてしまったんだけど……。

え？　なんで？　ここから先は家族のお話なんじゃないの？

正直、心の準備ができていないから遠慮させてもらいたいのだが、後ろの七海さんは小さい声で僕の名前を呟く。

小さく、か細く、弱々しい……不安に満ちた声色だ。

うん、腹は決まった。

「分かりました。お言葉に甘えます。あ……申し遅れました、七海さんとお付き合いさせていただいてます、簾舞陽信と申します」

七海さんのそんな声を聞かされて、帰るなんて真似は僕にはできない。まがりなりにも彼氏なんだ。ここは彼女を守るのが彼氏だろう。いや、家族だから守るとかあるのかは分かんないけど。

「七海の父親……茨戸厳一郎です。よろしく、簾舞君」

厳一郎さんは左手を差し出して、僕に握手を求めてきた。……左手の握手は敵対の意味だったっけ？　それを信じるならば僕はどうやらまだ認めてもらえてはいないらしい。

まぁ、年頃の娘をこんな時間まで連れ回していた男相手なら仕方ないよね。僕はその握手に応える。

「それじゃあ、家に入ろうか。寒空の下では、風邪をひいてしまうだろう」

僕達は促されるままに厳一郎さんについて行く。家までのその短い間……七海さんは何か不安なのか震えていたので、僕はその手を握る。

流石にお父さんの前で彼女と手を繋ぐのは少し躊躇いがあったが、七海さんが僕の後ろにいる間なら良いだろう。背に隠れて見えないはずだ。

七海さんは驚いて僕を見て、僕は彼女を安心させるために笑みを浮かべて小声で伝える。

「大丈夫、僕がついているよ」

その言葉に、彼女の震えは止まり、安心したように笑みを浮かべていた。うん、僕の大好きな笑顔だ。……大好きだって直接言う度胸はないけど。

だけど僕の浅はかな考えは大人には見透かされ、予想外の言葉が飛び出してくる。

「七海が……男の子と手を繋ぐとはな……」

　厳一郎さんは目頭を押さえながら首を左右に振っていた。背中に目でも付いているのだろうか？　ただ、その言葉は感慨深げではあるものの、怒りは感じさせない言葉だ。

　てっきり、手を繋ぐなんてけしからんと怒られると思ってたのに、どういうことだろうか？　そして僕等は、彼女の家に入る。

　玄関にいたのは……一人の女性と、一人の女の子だ。

「あらあら、いらっしゃい。うふふ、七海が男の子を連れてくるなんてねー♪」

「それがお姉ちゃんの彼氏？　なーんかパッとしない感じねぇ……。でもまぁ、悪くはないんじゃない？　乱暴そうには見えないし……お姉ちゃんにはお似合いじゃないかな？」

　目を細くして柔和な笑みを浮かべる女性……七海さんにそっくりな美女は、おそらく七海さんのお母さんだろう。大人になった七海さんは、こんな感じなんだろうか？

　その隣には両手を腰に当てた中学生くらいの女の子……妹さんかな？　こちらも七海さんに似ているが、目が少しだけつり上がっている。でも、自身の姉を微笑ましいものを見るような笑顔で見ていた。

「なんで二人とも……？」

　七海さんは玄関で待ち構えていた二人に困惑した表情を浮かべるが、二人はそんな七海さんが不可解であるというように顔を見合わせ、大きく溜息をつく。

その仕草は、当然のように七海さんに瓜二つだった。

「お姉ちゃん、本気で言ってる？　普段、初美さんと歩さんと出かける時はほとんど化粧しないくせに、あんなバレバレの用意しておいて……」

「そうねえ、それに、いつのまにかお弁当箱が一つ多くなってるし、こっそりだけど、妙に嬉しそうにお弁当作ってるし……気づくなっていう方が無理よね」

妹さんは首を左右に振り、お母さんは頬に手を当てて首を傾げていた。七海さん、隠してたようですけど、バレバレだったみたいですよ……？

僕の後ろに隠れて顔を真っ赤にする七海さんだが、流石にご家族の前で手を繋ぐわけにもいかず、僕もオロオロするばかりだ。

そんな僕等を、二人の女性は微笑ましそうに見てくる。

「玄関先だ、それくらいにしておこう。二人とも、リビングで話そうか。母さん、お茶の用意を頼む」

困っている僕らを助けてくれたのは厳一郎さんだ。少し意外な助け船に戸惑いながらも、僕等はそのままリビングへと案内される。

妹さんは手をひらひらと振りながら「頑張ってねぇ、お姉ちゃん」とだけ言って部屋に戻っていった。

姉の彼氏を一目見るのが目的であり、その目的達成後は興味がないということだろう。面倒に巻き込まれるのを避けたとも言える。僕としてもその選択はありがたい。

僕等は通されたリビングで向かい合わせに座る。僕と七海さんが隣り合い、厳一郎さんとお母さんが隣り合う形だ。

僕の目の前にいるのは厳一郎さんだけど、彼が見ているのは七海さんだ。

「七海、私は少しだけ怒っていることがある。それが何か分かるかい？」

顔は厳しく、口調は優しく……酷くギャップのある人だが、やはり怒ってはいたようだ。

七海さんは不安気に自身の考えを口にする。

「その……彼氏……ができたことを……黙っていたから？」

「違うよ。まぁ父親として思うところはないでもないが、それ自体はとても喜ばしいことだと思っている。七海の境遇を思えば余計にね」

七海さんの言葉を否定しながらも、彼女を祝福するようにほんの少しだけ微笑みを浮かべる。喜ばしいと言われたことに対して僕の気持ちも若干軽くなった。

だったら、何に対して怒っているのだろうか？　それは七海さんも同様だったようで首を傾げている。

「じゃあ……何を？」

「それはね、七海が嘘をついたことに対してだよ」

嘘。

たった一文字のその一言に、七海さんの動揺が僕に伝わってきた。そして、僕も彼女と同じく動揺する。何故ならその言葉は、僕にも刺さる言葉だからだ。

当然、厳一郎さんが言った嘘と、僕達が考える嘘は違うものだ。だけど実際問題、僕と七海さんは動揺する。それは厳一郎さんの考えることとは違うけど、彼は納得したように頷くと一つだけため息をつく。

僕等が動揺した本当の理由は誰も分からない。いや、ここで唯一それを分かっているのはもしかしたら僕だけなのかもしれない。

だから厳一郎さんは、彼の考える嘘の内容を口にしていく。

「当人にとって恥ずかしいと思うことは人それぞれだ。だから誤魔化すという手段を一概には否定しないよ。だけど、七海は嘘をついて……彼氏の家にいたんだろう？」

「う……うん……」

横目でチラリと僕を見てくる七海さんと目が合う。

彼女は僕の家にいる時に、音更さんにも連絡していた。あの時にきっと、音更さんにも口裏を合わせてもらっていたのだろう……。

よく漫画とかでもある展開だけど、そもそもバレたなら口裏合わせも何もない。結果的に、ただ親御さんたちを心配させることになってしまった。

七海さんの言葉に甘えた、僕の失態だ。

「デートくらいの嘘なら黙認するけど、夜に男性の家……特に彼氏の家に行くのならばちゃんとその事を言って欲しかったよ。向こうの親御さんは、御在宅だったのかい？」

「……いなかった……だから……陽信の晩御飯を作ってあげたくて……それで……」

その一言に、厳一郎さんのこめかみが少しだけピクリとする。七海さんの言葉は心の琴線に触れたのだろう。だけど彼は平静を保ったままだった。

きっと内心では穏やかではないであろうことは見て取れる。だけど、決して声を荒げずにあくまでも諭すような口調を崩さない。大人として、立派な態度だと思う。

「両親不在の彼氏宅に彼女が行く。なるほど、確かに言いづらかっただろうね。でも、正直に言って欲しかったよ……反対されると思ったかい？」

厳一郎さんの言葉に、七海さんは黙って首を縦に振る。僕だって、反対されるとは思っていたので七海さんが嘘をつくのを止めなかったのだから、その点は同罪だ。

僕が彼女に両親への嘘をつかせてしまったとも言えるのだ。

嘘の関係で繋がっている僕等が、更に嘘を重ねるとは笑い話にもならない。僕が知らないと思っている七海さんも今の父親としての言葉で罪悪感を重ねてしまっていた。

逆効果かもしれないけど、僕が彼女を庇おうとしたところで……厳一郎さんはそこで目を伏せてから、改めて僕を見た。

「まぁ、そうだね、反対する可能性は否定しないよ。それでも親としては正直に話して欲しかった、これは親のエゴかもしれないけどね。でも……」

厳一郎さんは僕の目を真っ直ぐに見てくる。僕も目を逸らすことなく視線を交差させる。見た目は全然似ていないのに、こういうところは七海さんそっくりだ。

僕はここで、やっぱり二人は親子なんだなと実感した。

「七海があんなに毎日、嬉しそうにお弁当を作っている相手だ。それに、こんな時間にわざわざ送ってくれた所を見ると、簾舞君は想像してた通りとても良い青年なんだろう」

唐突に褒められてしまい、僕の頬は熱くなる。目を逸らすのは失礼かと思って、そのまま僕は厳一郎さんの次の言葉を待った。

「もしも七海が日頃から彼の人となりを教えてくれていれば、そうだね……晩御飯を作りに行くくらいなら反対することはなかったよ」

淡々と、だけど笑みを浮かべながら厳一郎さんは僕の事を評価してくれた。笑顔は怖いけど、その言葉に僕は少しだけホッとした。

だけどホッとしたのも一瞬で……。

「まぁ……もしもこれが泊まりだなんてことになってたら、私は君をどうしていたか分からないけどね……！」

その一言を厳一郎さんが言い終えた瞬間に、僕の全身が震えだした。優しい言い方はそのままなのに、何故か僕の身体は僕の意思とは関係なく動いている。

「あなた、落ち着いてください……」

「あぁ母さん、すまない。少し想像しただけで取り乱しそうになったよ。いけないね」

一瞬、本当に一瞬だけ厳一郎さんの目に怒気とは違う何かが宿り僕を激しく叩いた。それが、僕の意思とは関係なく身体を震えさせたのだろう。

……これが……殺意というものなのだろうか？　日常生活でまず受けたことのない感情に、僕の背筋が凍るように冷える。

もしもそうなら、本当に殺気で寒気がするってあるんだ。このプロレスラーのような人に襲われたら、僕はなすすべなくやられてしまうだろうな。

僕の趣味の一つに筋トレはあるけど、あくまで僕のは趣味レベルだ。この人は見るからに僕とはレベルの違う筋肉をしている。

大きな筋肉は戦うための筋肉じゃないとか聞いたことはあるけど、たぶんそんなことは関係ない。単純な力で負ける。

今はもう厳一郎さんは穏やかであり、先ほどまでの僕の震えも嘘のようだ。

「男の子が苦手だった七海が男女交際を始めた……言いづらかったかもしれないがこんなに喜ばしいことはないんだ。言って欲しかったよ。まぁ、親に報告するのが恥ずかしいというのは……気持ちはわかるけどね」

その気持ちは親なら当然だろう。僕が理解をしかけたところで……僕の隣で黙っていた七海さんが声を上げる。

「だって……だってお父さんが言ったんじゃない!!」

それは今日初めて、七海さんが声を荒らげた瞬間だった。いや、今日だけじゃない。今までで初めて見る彼女の取り乱したような姿に、隣の僕は面食らってしまう。

いつも笑顔で、僕を揶揄ってきて、たまに自爆する。そんな可愛らしい彼女の取り乱した姿を見るのは初めてだった。彼女の悲痛な顔に、僕の胸も痛くなる。

厳一郎さんも、そんな姿の七海さんを見るのは初めてなのか……最初は驚いていたが、取り乱すことなく黙って彼女の言葉の続きを聞こうとしていた。

「お父さんが……お父さんが変なことを言うから……私は陽信と付き合ってるって言えなかったんだよ……」

「七海、落ち着いて。すまない、私は七海の男女交際について特に何か言及した覚えがないんだが……？　何のことを言っているのか、教えてくれないか？」

困惑した表情を浮かべる厳一郎さんと、それを落ち着いて眺めている七海さんのお母さんだが……お母さんも視線が少しだけ泳いでいた。ご両親もこのような七海さんを見るのは初めてなのかもしれない。

どうやら、七海さんが僕と付き合っていると両親に打ち明けていないのは……彼女の家の事情によるものらしい。僕としては、それが意外だった。

てっきり彼女が両親に打ち明けていないのは、これが罰ゲームによる告白だからだとばかり思っていたのだ。しかし、七海さんはその理由が厳一郎さんにあるというのだ。

こんなに良いご両親がいる家庭で……いったい何があるというのだろうか？

だけど僕の疑問は、七海さんの次の叫びで即座に解消した。彼女は立ち上がり、厳一郎さんに向かって叫ぶ。

「お父さんが、私の彼氏ならお父さんより強くないと認めないって……前にお酒を飲んでいるときに言ってたじゃない……!!　陽信がお父さんに勝てるわけないから、だから私黙ってたのに!!」

その叫びを後に、場を沈黙が支配する。誰も口を開くことはしなかった。

……え？　僕この人に勝たないと七海さんとの交際が認められないの？

そんな漫画のような話本当にあったのかと感心すると同時に、僕が厳一郎さんと戦わなければならないという状況を想像して絶望する。さっきも思ったけど、勝てるわけがない。

……確かにそれなら、交際してることは内緒にするよね。言えるわけがない。罰ゲームでの付き合いなら尚更言いづらいだろうし。

僕はチラリと厳一郎さんの姿を改めて見る。どう見ても僕に勝ち目はない。喧嘩どころか人を殴ったこともない僕にはなすすべもないだろう。

そもそも罰ゲームの付き合いなんだ。僕がそこまでやる意味はあるのか？　バロンさんから言われて惚れさせてしまえばという話でやったけどここまでは予想外のはずだ。

普通ならここで諦めて関係を終わらせる。ちょうどいい理由もあるんだ、何の問題も無いだろう。そう、普通ならだ。

でも僕は、今日まであったことを思い出す。

手を繋いだ、お弁当を一緒に食べた、学校とは違う姿を見た、一緒に映画を見た、喫茶店で話をした、夜ご飯を作ってくれた。

まだ一週間だっていうのに、僕の中には沢山の思い出ができている。

だから僕は、七海さんのためなら……頑張れる気がしていた。何度でも挑んでもいいなら、勝つまで続けるだけだ。そして、僕は認めてもらう。

心の中で僕は、そう決意する。

七海さんの叫びから、沈黙が場を支配している。七海さんは立ち上がり叫んだ影響だろうか、肩で息をしていた。そして、瞳に涙を浮かべていた。

それを見た瞬間、僕は衝動的に立ち上がり……気づけば彼女を抱きしめていた。ご両親の目の前であるということも忘れて、彼女を慰めていた。

自分でもその行動にビックリである。

「大丈夫だよ七海さん、それが条件なら……僕は何度でもお父さんに挑戦するよ。言ったでしょ？　離すつもりはないよって？」

「陽信……ううぅぅ……うん……ありがとう……」

涙目の七海さんを慰めていると……お母さんの方が「あらあら」と言いながら興味深げに僕を見ていた。

やばい……ご両親の前って忘れてた。焦った僕は厳一郎さんを見ると、彼は腕を組んで首を傾げていた。こっちを見てもいない。え？　なんで傾げてるの？

「なぁ……七海……悪いんだが……本当に悪いんだが……」

なんだか歯切れが悪いその一言に、僕は少しだけ嫌な予感がした。

それはまるで七海さんの言っていた前提がひっくり返るような、とても嫌な予感だ。そしてそういう予感というのは、往々にして当たるものだ。

厳一郎さんの反応が不思議なのか、座った七海さんも首を傾げている。皮肉にも、その首を傾げる姿勢は二人とも、とてもそっくりだった。

それから厳一郎さんは……申し訳なさそうな表情を浮かべながら口を開いた

「私……そんなこと言ったのかい？　全然覚えてないんだけど……」

厳一郎さんのその一言に七海さんも僕も……そして横にいる七海さんのお母さんも目が点になっていた。特に七海さんは呆然としている。

それは今まで見たことのないくらいに呆けた顔だ。僕はその時、それでも可愛さが崩れないのは凄いなとか見当違いのことを考えていた。大概だな僕も。

そりゃあ、自分が気に病んでいたことが、実は父親は覚えていないということが明らかになったのだ。こんな顔にもなる。その胸中はいかばかりか。

「おとう……!!」

「あなた……?」

呆けていた七海さんが我に返り、怒りの表情を浮かべ激昂しようとした瞬間、隣のお母さんが口を開いた。酷く冷たい声色と、視線を……自身の夫へと向けながら。

先ほどまで浮かべていた朗らかな柔らかい笑みは大きく崩していない。だけど細めた目から見える瞳の奥が全く笑っていない。それが酷く恐ろしく、僕は背筋が冷たくなる。

「あなたぁ……そんな大事なことを忘れてたってどういうことぉ? そんな話、私も初耳だし。そりゃあ、七海も言いにくくなるわよぉ?」

「まままままままま待ってくれ母さん! 七海、私はいつそんなこと言ったんだ?! 本当に、本当に覚えてないんだ!!」

おそらくわざとだろう。酷く伸ばした声を出すお母さんに慌てる厳一郎さんは、七海さんに助けを求め、七海さんは冷たい視線を返しながらもその疑問に応える。

「私が中学の時に音兄とお父さんが、うちでお酒飲んでる時に言ってた……」

音兄? というのは誰だろうか。知らない人の名前が出て来て首を傾げる僕に、七海さんはそっと耳元で「初美の彼氏……義理のお兄ちゃんの事」と教えてくれた。

チラリと横目で見ると、七海さんの涙は引っ込んでいた。対して厳一郎さんは頭を捻って捻って……当時を必死に思い出そうとしている。

お母さんは冷たい視線で微笑みを浮かべ、七海さんは冷たい視線で真顔、厳一郎さんはそんな視線を受けて頭を抱えている。

なんだこの状況？　僕はどうすれば？

思わぬ方向に行く家族会議に、僕も別な意味で頭を悩ませていると、頭を抱えていた厳一郎さんに変化が訪れる。

「あ……」

顔を上げ、目を見開き、頬からは「ぶわっ」という表現がぴったりなくらいに冷や汗を噴き出させていた。どうやら、発言を思い出したようだ。

「確かに……確かに言ったかも……しれない……」

「ほらぁ!!　やっぱり言ってるんじゃない!!」

「違うんだ七海！　あれは総一郎君との会話の流れで!!　それにあれはどちらかというと総一郎君を励ますためであって……!!」

「音兄を励ます……？」

思い出した厳一郎さんを中心に、僕を置いたまま話は進む。だけど、厳一郎さんは自分を倒さなきゃ認めないと考えているのが本気ではないということに安堵した。

いや、本気で格闘技の道場にでも通わなきゃいけないかなとか思っていたけど。どうやら、そういうことはやらなくてすみそうだ。

それからも、厳一郎さんの説明は続いた。最初の頃はしどろもどろだったけど、話すうちに記憶がハッキリしてきたのか言葉にも淀みがなくなっていた。

「あの頃、彼は妹さんに言いよる男共に辟易して心配してたんだよ。だから、自分を倒すことを条件にしたらどうだいって意味で、私なら自分を倒した男しか認めないと言ったんだよ……」

「確かに中学の時の初美はすっごいモテてたけど、そんなこと言ってたの？」

「あぁ。まぁ……まさか総一郎君のその言葉に感激した妹さんが、高校生になると義理のお兄さんである彼と、結婚を前提に付き合うことになるとは予想外すぎたけど……」

貴方が二人の背中を押したんですかい……。

いや、それが悪いこととは思わないけれども、本当になんか漫画みたいな人だな音更さん達。キャラが濃すぎる。義理の兄妹のカップルて。

明かされた事実に顔を顰めながら、七海さんは頭痛を我慢するようにこめかみに指を当てていた。それから指を離すと、厳一郎さんを少しだけ呆れたように横目で見る。

「じゃあ、陽信と付き合ってても……お父さんと戦って負かす必要はないんだね？」

「あぁ、私の鍛えたこの筋肉と、愛する母さんに誓おう。そもそも私は、誰かと戦うために鍛えてるわけじゃないからね」

自身の力瘤を見せつけ、隣のお母さんとの関係性も見せつけられた。お母さんは可愛らしく頬を染めて嬉しそうにしている。

お母さんのその笑顔は、先ほどの氷のような微笑みとは天と地ほどの差がある。厳一郎さんも先ほどよりも笑顔から怖さは消えていた。

もしかしたら、さっきまでは本当に威嚇の意味があったのかもしれない。七海さんもホッとしたのか、胸を撫で下ろす。だけど、僕には別の疑問が生まれていた。

「あの……えーと……七海さんのお父さんは……」

「ここは定番の、君にお義父さんと呼ばれる筋合いはないとかいう場面かな？　いや、堅苦しく呼ばず、名前で呼んでくれたまえ、簾舞君」

「そうですか、えっと、じゃあ御言葉に甘えて。厳一郎さんは、凄く鍛えていらっしゃいますけど、格闘家なんですか？」

「いいや、私はごく普通のサラリーマンだよ？」

予想が外れた。その筋肉で普通のサラリーマンはないかと思って、音更さんのお兄さんと同じ格闘家かと思ったのだけど……。

「じゃあ、なんでそんなに鍛えたんですか？　僕も趣味で筋トレとかしますけど、普通は趣味の範囲でそこまではいかないですよね……？」

「あー、確かに陽信のを見た時、腹筋ってうっすら割れてる感じだったよねー。お父さんはもうバッキバキっていうか……」

七海さんがそれを言った瞬間に、僕は部屋の温度が下がった気がした。

原因は言わずもがな……厳一郎さんから発せられる殺気だ。それも先ほどよりも強力な殺気だ。小刻みじゃなくて大きく身体が震えてしまう。

「簾舞君……君……まさか、うちの娘に上半身の裸を見せたのかい？　それはどういう状況でだい？　まさか……まさか……もう、そういう行為をしているとかそういう話じゃないよね？　違うよね？　信じていいよね？」

動揺、焦燥、とにかく不確かな情報により想像を膨らませてしまった厳一郎さんが焦ったように僕に詰め寄る。その様子に、やましいことはないのに僕もその焦りが伝染してしまう。

「ちちちちちちち違います！　色々あって服が濡れて保健室で寝ている時に濡れた服を先生が脱がしてて、それでたまたま見られただけです!!」

「そうだよ!!　陽信は私を助けてくれたんだから!!　変な想像しないでよね！　私達、キスもまだなんだからね!!」

まぁ……間接キスはしちゃいましたけどね……って、七海さん？　なんで自分の言葉の後に自分の唇に手を当てて、赤面されてるんですか？

さすがに付き合うことは許せても、まだそういう行為については許せないだろうから、それでは厳一郎さんには逆効果では……？

ただ、その言葉で納得してくれたのか厳一郎さんは殺気を引っ込めてくれる。その代わり……七海さんに対して目を細めて苦言を呈した。

「七海、今回はその言葉を信じるよ。でもね、七海が細かい嘘を重ねてしまうとその言葉も徐々に信頼を失っていく。私は父親として七海を信じたいから、全部を詳らかにする必要はないけど、陽信君とデートだって次からは堂々と言ってほしい。彼なら安心できる」

「そうねぇ、私も陽信君が七海の彼氏なら安心だわ。なんだか可愛いし。細いけど筋肉もそれなりにあるようだし……。七海、鍛えてるお父さんが大好きだから……その辺、私に似たのかしらね？」

七海さんはお母さんの言葉に赤面をして、否定も肯定もしないままうつむいた……。うん、家族仲が良いのは良いことだ。僕がちょっとニヤニヤしてみると、七海さんからは少しだけ睨まれてしまった。

「実はね……七海が男の子が苦手な理由と、私が身体を鍛え始めたのには理由があるんだ……」

厳一郎さんは唐突に先ほどの僕の疑問に答え始めた。確かに話は逸れたけど、僕が聞きたかった話はそもそもそれだったんだ。

手をまるでアニメの司令官のように顔の前で組んだ厳一郎さんは、静かに話し始める。

「七海……七海が男の子を苦手になったのはいつごろからか覚えているかい？」

「えっと、確か中学に上がる前……。小学校の六年生くらいの時だったと思うけど？……なんか急に男の子が苦手になって」

「うん、そうだね……そして……私が身体を鍛えだしたのもその頃だ」

「お母さんは思春期特有じゃないかって言ってたから、あんまり深く考えてなかったけど……それとお父さんが身体を鍛えることと……なんの関係があるの？」

お母さんの方にチラリと視線を送ると、困ったような笑顔を浮かべている。確かに女子の高学年は同学年の男子が子供っぽく見えるとは聞いたことがあるけど……それのようなものなのだろうか？

それから、お父さんは何かを思い出したように無言で立ち上がると、一冊のアルバムを持ってきた。

アルバムを開くとそこには……子供の頃の七海さんの写真が数多く収納されていた。当時の厳一郎さんの姿もそこにはあった。

小さい頃の七海さんも可愛いなぁとほのぼのとした気分になる一方、当時の厳一郎さん

……当時の厳一郎さんは本当に、ごく普通の体型だ。むしろ今の僕よりも細いくらいで……。えっと……鍛えてここまでなれるのだから、人体の神秘ってすごいなぁ。

「この写真を見てもらえればわかる通り……七海は小学校の頃から凄く可愛いんだ。それこそ、そこらのアイドルなんて目じゃないくらいに可愛い。そう思わないかい簾舞君？」

「思います」

「ちょっと二人とも?!」

いや、さすがにここで「思いません」とは言えないでしょうし、これは僕の本心だ。偽るわけにはいかない。子供の頃から七海さんは可愛い。

ただ、僕の隣で赤面する七海さんとは対照的に……厳一郎さんは苦虫を噛みつぶしたような表情をしている。

「そう……その可愛さが仇になったんだ。可愛い七海は小学校の時に、同じ年頃の男子達にいじめのようなものを受けて……その結果、最悪なことが起きそうになった」

「え……？」

僕と七海さんの言葉が重なる。いきなりの重たい話に僕は彼女の顔に視線を送ると……彼女は困惑していた。僕はとりあえず、七海さんを安心させる意味でもその手を握る。

「陽信……」

普通はご両親の前ではこんなことはしない。だけど、今の七海さんにはこれが必要な気がしたんだ。だから、僕は彼女の手を取ることを選択した。

……まぁ、さっきご両親の前で抱きしめちゃったし、今更だろう。

どうやらその選択は正解だったようで、厳一郎さんも七海さんのお母さんも、納得したように首肯してくれた。

「今にして思えば、それは好きな子の気を引きたい男子特有のものだったんだろう。私にも覚えがあると言えばある話だ」

好きな子をいじめたくなる。それは確かに思春期男子にありがちな話だ。僕にはやった覚えはないけど、それでもどうにかして気を引きたいという気持ちは分かる。

「そんな中で、事け……いや、事故が起きた。幸い先生がすぐに助けてくれて事なきを得たが……ショックからか、七海はそのことを覚えていなかったんだ……」

厳一郎さんは詳細は話さない。そして七海さんは気づいていないようだったけど、言いかけた言葉はおそらく「事件」だろう。それを彼は事故と言い直した。

それはきっと七海さんが万が一にも思い出さないようにとの配慮だろう。七海さんは今も思い出せないようで、首を傾げて困惑した表情をしている。

何があったのか、僕も詮索することはしない。彼女を傷つける可能性があるなら、根掘り葉掘り聞くことではないだろう。

「だけどそれは幸いだったよ、怖くて辛い記憶を無理に思い出させる必要もないからね。でも、その頃から七海には男性に対する苦手意識が芽生え始めたんだ」

……そんなことがあったのか……。

ショックから記憶が飛んでも、彼女の中には男性に対してトラウマが残ってしまった。だから男性が苦手となった……。彼女はそれを今の今まで覚えていなかったのか。

強い拒否反応として残らなかっただけ、不幸中の幸い……と言っていいのだろうか？

「それからだよ、私がどんなものからも七海を守ることができるように……身体を鍛えだしたのは。それと男は怖いばかりじゃないと七海に示すために、格闘技の門を叩いたんだ。総一郎君とはそこで友人となったんだよ」

「……そういえば、初美と初めて会ったのもお父さんについていった道場でだっけ」

「そうだね、それから七海は友人にも恵まれて、男性への苦手意識は年月を経るにつれて徐々に薄くなっていき……今日やっと……家に彼氏を連れてきてくれた……」

懐かしそうに目を細める七海さんと、嬉しそうに目を細める厳一郎さんだったが、厳一郎さんもお母さんも、目に涙を浮かべている。

彼女は前に「男子が苦手なことに大した理由はない」と言っていたが……そんな理由があったなんて、予想外に重たい話だ。それを表すように、僕の手を握る彼女の手に力が籠っている。

そうだよね、自身にそんなことが起きてたなんてことを知って、改めて不安になったのだろう……。だから僕は……。

「大丈夫です……厳一郎さん」

口を開いた僕は、僕は七海さんとの手の繋ぎ方をあえて変える。

お互いの指を絡めさせる……いわゆる恋人繋ぎだ。初めてのそれに僕の心臓の鼓動が速くなるが、そんなことには構っていられない。

少しでも彼女の不安が払拭できるようにしたその行動に、七海さんは驚きの表情はしたものの、嬉しそうに見える笑顔を浮かべて、僕の手を改めて強く握ってくる。

「僕が……僕がこれから先ずっと七海さんを守ります。何があっても絶対に彼女の手を離しませんし、悲しませません。ここで約束します。だから……改めてお願いします……七海さんとの交際を認めてください」

厳一郎さんの目を見ながら発言した僕の言葉に、厳一郎さんは目を見開いて驚き、隣の七海さんとお母さんが息を飲むのが分かった。

特にお母さんは、両頬に手を当てて嬉しそうにその場で身を捩っていた。

……僕、変なこと言ったかな？　厳一郎さんも不安だっただろうし、これからは僕が彼の目の届かないところでは七海さんを守るつもりだったんだけど。

チラリと視線を横に向けると、七海さんは顔全体を真っ赤にして、言葉を出せずに口をパクパクとさせていた。

「あらあらぁ、私は交際自体は認めていたけど。そう、改めて言われるとこっちが照れちゃうわねぇ……うふふ……なんて情熱的なプロポーズかしらね？」

「……そうか……私にもとうとう義息子ができるか。覚悟を決めてはいたけど嬉しくも寂しくもあるな。……そこまでの覚悟ならば改めて認めようじゃないか、簾舞君」

あれ？　思ってた反応と違う？　って……プロポーズって……？　どういうこと？

……僕は自分自身の言葉を思い返す。

これが罰ゲームで付き合ってるってことも忘れて、とにかく七海さんを安心させてあげないとと思って口走っちゃった言葉だけど。確かに聞きようによってはプロポーズの言葉に聞こえる。

迷惑……だったかなと心配になり周りの人達を見るのだけど、その反応は……。

隣の七海さんは、感激したように目を輝かせている。

厳一郎さんは安心したように目元の涙を拭っている。

お母さんは嬉しそうにその顔に微笑みを浮かべている。

誰も彼もが、心から僕の言葉を喜んでくれているように見えた。七海さんは、僕の言葉をどう受け止めてくれているのだろうか？　その胸中は分からないけど、反応はとても嬉しそうで、僕を少しだけ困惑させてしまう。

……まぁ、いいか。これから僕が彼女を守るよう頑張ればいいだけ。そういう意味では、やることは今までと何も変わらない。

七海さんに好きになってもらう。それが僕の行動指針だ。

決意を新たにした僕に厳一郎さんから手が差し出され、僕はその手を握り返し固い握手を交わした。今度の握手も……左手だった。

「あぁ、誤解させてたらすまない。私は左利きでね、握手の時もついこっちを出しちゃうんだ。だから、変な意味はないよ」

なんだ……実は認められていないのかと焦ったけれども、それは誤解だったようだ。こうして、僕と七海さんの交際は、七海さんの両親公認のものとなる。

……いや、今日が初デートなんだけどさ。こんなことってあるの？　女の子と付き合った経験がないから分からないけど、これが普通の男女交際なんだろうか？

「七海さん、これからも……」

僕が隣の七海さんにも改めて声をかけようとしたのだけど、彼女の様子がおかしいことにそこで初めて気が付く。

僕がしたプロポーズのような言葉を聞いた七海さんは、その後は顔を真っ赤にし続けていて、単純に言うと……ポンコツ化していた。

「七海さん？　大丈夫？　なんか……ボーッとしてるけど……」

「うん……」

「七海、明日のお弁当はこの餃子を使うのね？　冷蔵庫入れとくわね？　一緒に作るなんてもう立派に夫婦ね？」

「うん……」

「七海……簾舞君……いや、私も陽信君と呼ぼうか……陽信君のことは好きかい？　愛してるかい？」

「うん……」

何を聞いても心ここにあらずで「うん……」としか言わなくなってしまう。

お母さんと厳一郎さんなんてそんな娘で遊んでるし、僕も恥ずかしくなるからそれはやめてください。

それから七海さんはしばらく、何を想像しているのか分からないけど、その顔にニヤニヤとした笑みを浮かべたまま戻ってこなかった。

……まぁ、これはこれで可愛いけどさ。何を想像しているのだろうか。

「ふむ……七海は陽信君の言葉に感激して、妄想の世界にトリップしてしまったようだね。我に返るまでしばらくかかるだろうから、車で家まで送っていくよ」

「あ、すいません。えっと、厳一郎さん……お言葉に甘えます」

「陽信君、いつでも遊びに来てね？　今度は七海の部屋でおうちデートとかしていいからね？　あ、でも高校生らしい範囲でお願いね？」

「えっと、七海さんのお母さん……。ありがとうございます」

そんな度胸は無いので心配はいらないのだけど、しっかりと釘を刺されつつも七海さんのお母さんは僕を歓迎してくれているようだった。

そのことがとてもありがたくお礼を言うのだけど、僕のお礼の言葉に少しだけお母さんは不満そうに頬を膨らませた。

「あらあら、私は名前で呼んでくれないのかしら？　……そういえば、自己紹介をしてなかったわね。七海の母の茨戸睦子(ともこ)です。うふふ、睦子さんって呼んでね、陽信君？」

「あ、あはは……よろしくお願いします……睦子さん」

睦子さんは可愛らしい仕草で自身の頬に指を当てて首を傾げていた。その仕草はどこか七海さんを彷彿(ほうふつ)とさせるものだった。七海さんは睦子さん似なんだろうな。

見た目も若いし、並んだら姉妹と言っても通用しそうなくらいだ。

妹さんの方は名前は何て言うのだろうか？　……七海さんの妹だから仲良くできると良いんだけど。

「それじゃあ、お邪魔(じゃま)しました。七海さん、僕帰るね？　また夜に連絡するね？」

僕のその一言で我に帰った七海さんは、先ほどまでのことはよく覚えていないようだった。

ただ……。

「え？　陽信どこに帰るのさー？　だって私達(たち)もう一緒に住んで……あっ……」

七海さんはそこでしまったと言わんばかりに、口元を両手で押(お)さえる。

どうやら……七海さんの妄想の世界の中では僕と彼女は一緒に住むところまで進んでいたらしい。この一瞬でどこまで想像していたのだろうか。

それにしても、七海さんもそんな妄想するんだ。いや、なんというか光栄だと思うべきだろうな。厳一郎さんと睦子さんは、そんな娘の様子をニヤ～という表現が相応しい笑みで見ていた。

「七海、流石にお母さん同棲はまだ早いと思うのよねぇ？」

「あの男性が苦手だった七海がそこまで……父親としては複雑だが……祝福しようじゃないか……!!」

御両親のその言葉に、顔全体を真っ赤にした七海さんは、それでも僕の近くに来ると僕の手をギュッと力強く握ってきた。

「また明日ね！」

二人のニヤニヤを吹き飛ばすように大きく元気よく叫び、僕に笑顔を見せてくれた。

辛い記憶の話をしたから心配だったけど、大丈夫そうだ。だけど……後でフォローはしてあげないとな。

「うん、また明日ね七海さん。厳一郎さん、よろしくお願いします。睦子さんも、お邪魔しました」

「え、待って待って、何でお母さんの事を名前で呼んでるの、何があったの？」

……そうか、先ほどのやりとりを七海さんは聞いてなかったのか……どう説明したものか？　と、思っていると……睦子さんは七海さんの両腋を腕で掴んで、そのままズルズルと後ろに引きずって行った。

「あらあら、七海はこっちねー。今までのこと、全部聞かせてもらうわよー。うふふ、娘と恋バナよー」

「待ってお母さん、ちゃんと説明して！　ダメ！　私、腋が弱いんだからやめてー！　力抜けるー!!」

七海さんは腋が弱いと……うん、覚えておこう。

そのまま七海さんはズルズルと運ばれていった。流石にあれから助け出すのは僕には無理なので、彼女に向けて小さく手を振るに留めておく。

七海さんも観念したのか、苦笑を浮かべながら手を振り返してくれた。

「うむ、母さんは娘と恋バナをするのが夢だったから、テンションが最高潮なのだろう」

どこか遠い目をした厳一郎さんは、微笑みながら僕にそんなことを教えてくれた。

僕はそのまま、厳一郎さんに車で家まで送ってもらった。道中は、彼女の父親と何を話せば良いのか戦々恐々としていたのだが……。

厳一郎さんは、気さくに僕に話しかけてきてくれた。

それこそ、昔の七海さんの可愛らしいエピソードや、高校からギャル系ファッションをし始めた時の話、自分の顔が怖いのは七海さんを守ろうと表情から作っていったら元に戻らなくなった話……。

　色々なことを教えてもらった。

　七海さんが聞き上手、話し上手なのは、お父さんに似たんだろうかとその時に僕は感じていた。会話が途切れることなく、かといって負担はなく楽しい話をしてくれる。

　顔はお母さんに、性格はお父さんに似たのだろう。良い家族だ。

　そして最後に……こんなことを厳一郎さんは僕に告げた。

「今回、七海の過去のことを話したのは家族以外では君がはじめてだよ。陽信君。このことは七海の友達すら知らないことだ」

　あの二人すら知らないことを僕に教えてくれたという事実に、僕の背中に少しだけ重圧がかかるような錯覚を覚えた。

「……なんで僕には教えてくれたんですか？」

　厳一郎さんは、少しだけ間を溜めると……優しい声色で理由を教えてくれた。

「そうだね、君は常に七海の事を考えて行動してくれているように見えたんだ。私が突然出てきた時は七海を真っ先に背に庇い、不安な時は抱きしめて、寄り添って……そんな君の姿を見て、私は君を信頼に値する男だと判断した」

「恐縮ですけど……僕は厳一郎さんとは今日が初対面ですよ、いいんですかそんなにすぐに信用しても？」

「人を見る目はあるつもりだよ……それに……そういうことを言う君だから信頼できる」

なんだかさらにプレッシャーをかけられた気がする。期待が重い。僕はそんなに大した人間じゃないというのに。七海さんの事を常に考えているのはその通りだ。だけどそれは、彼女に対して僕も嘘を吐いているからであって……。

いや、今はそれを考えても仕方がない。どんどんと外堀が埋まっていっているような気もしているけど。……でもそれが嫌ではない自分がいるのも確かだった。

それから色々会話を続けて、話の流れで厳一郎さんとも連絡先を交換したのは、我ながらビックリした。

彼女のお父さんと連絡先を交換するって普通なのかな？　困ったことがあればいつでも相談してくれって言われたけど……。

まぁ、頼もしい味方ができたと前向きに捉えておこう。

僕はようやく家について……いつもの通りパソコンをつけてソシャゲにログインした。今日のイベントは、もうほぼ終盤だ。ちょっとだけ参加しよう。

そして僕は、バロンさんに今日の出来事をかいつまんで報告する。

「……というわけで、僕と彼女の交際は、彼女の両親公認となりました」

『もう結婚しろよ』

報告した途端、バロンさんが投げやりに言ってきた。こんな反応は珍しい。

他のメンバーも次々に『結婚しろ』『爆発しろ』『祝ってやる！』など、短文メッセージを次々に送ってきている。

いや、僕も彼女もまだ結婚できる年齢じゃないですからそれは無理です……って、たぶんそういうことを言いたいわけじゃないんだろうけど。

「バロンさん、気が早すぎません？」

『明日で交際からほぼ一週間だよね?! 僕の気が早いどころじゃないよ、どんだけ進展早いの⁉ いや、もうそこまで行ったらあとは結婚しかないでしょ！ うわー……若い子怖いわー……』

珍しくバロンさんが嘆いていた。

『キャニオン君、絶対に彼女いなかったとか嘘でしょ？ 絶対にプレイボーイで、僕が教えることは実は何も意味なかったでしょ？』

いや、僕としてはそんなことを言われても困る。七海さんが初彼女だし、モテたことなど一度もない。だいたい、僕のファッションについての事件を忘れたのだろうか？

僕にはまだまだ、バロンさんには教えてほしいことが山ほどあるのだから。

「そうは言ってもですね、僕は彼女と手は繋げてもキスとか全然してないんですよ。というか、そんな度胸ありませんし」

『順番おかしくない？　なんでキスとかすっ飛ばして、ご両親に挨拶してプロポーズしてるのさ。君の方がよっぽど気が早いよ！』

いや、ご両親に会ったのは不可抗力ですし、あの言葉もプロポーズってわけではなかったんですけど……。

まぁ、その辺の説明は大部分を省いているから、プロポーズしたようにしか聞こえないよな。仕方ないか。

流石に、七海さんの過去については報告していない。

あれは完全にプライベートなことだし、軽々に話して良いことではない。あれは家族とそれに近い人達だけが知っていて良い話だ。だから報告したのは、当然それ以外になる。

『それにキスがまだねぇ……。僕は正直なとこ、今日はキスまでもって行けたんじゃないかと思うよ。うん、もう完璧にそう思う』

「そうでしょうか……？」

『うん、キャニオン君が夕飯のメニューに餃子を選ばなければ行けたと思う』

「餃子……？　って……あ、そういう意味ですか」

言われるまで気づかなかったけど、確かに夕飯はニンニクたっぷりの餃子でとても美味しかった。確かに、それは口の臭いが気になるかもしれない。

今まで僕はそういうことに縁がないから気にしていなかったけど、もしかしたら七海さんは気にしていたのだろうか？

じゃあ、夕飯にもしも違うものを指定していたら……。

キ……キスを……してたのかな？

しちゃってたのかな?!

うっわ、妄想だけでなんかにやけてくる。妄想なのに恥ずかしさと嬉しさが混同する。そんな度胸もないくせに。

『キャニオン君、妄想してるところ悪いけどさ……君、彼女さんに連絡しなくて良いの？自分から連絡するって言ったんでしょ？』

だからなんで考えてることが分かるのバロンさん。とりあえず、ほんの少しだけ参加したゲームもそこそこに、僕は七海さんに連絡を取ろうとした時だった。

メッセージが一件、追加された。

『キャニオンさん……』

ピーチさんからだ。

また苦言を呈されてしまうのか……そう思っていたのだが、彼女から送られてきたメッセージはいつもとは異なっていた。

『キャニオンさんが幸せなら、私は言うことないです。でも……もしも傷つくようなことがあったら慰めますから、ここに来てくださいね』

『お、とうとうピーチちゃんも認めたかい。そうだね、そんな時は来ないと思うけど、もしもそうなったらここにおいで。僕等がいくらでも慰めてあげよう』

僕はこの人達の顔も本名も知らない。

だけど、ゲームを通じてできた大切な友達だと思っている。だから、その言葉にとても嬉しくなり、心が温かくなってくる。

他のみんなも、次々に同じようなことを書き込んでくれていた。本当にありがたい。目頭が熱くなるが、七海さんに連絡する前に泣くわけにはいかないので僕はそれを我慢する。

「ありがとう皆。そうならないように、僕は頑張るよ」

それだけを書き込んで、七海さんへと連絡する。……そう言えば、最初に僕から夜に連絡するって何気に初めてな気がする。

メッセージのやり取りは毎晩やってたけど……こうやって自発的に通話しようとするの

は……うん、思い返してみても初めてだ。

そのことに少しドキドキしながら、僕は彼女が出るのを待つ。

今回はコール音が数回鳴っても七海さんが出ることはなく、もしかしてタイミングが悪かったかなと思った瞬間、通話が繋がった。

『陽信！　良かった助かった！　もう～連絡遅いよ～……。私、今まで大変だったんだからね⁉』

「へ……？」

電話口に出た七海さんの声は、息を少し切らしたように焦っていて、ほんのちょっぴりだけ怒っていた。

『もうもうもう！　すっごい恥ずかしかったんだから‼　こんなことなら陽信に家に泊まってもらえば良かったよー！』

「七海さん⁉」

お泊りという衝撃のワードが僕の耳に飛び込んでくる。あの状況で家に泊まるとか……えっと……七海さんの部屋で一緒に寝るとか？　やばい、さっきの妄想のせいで変なことを考えてしまう。

夜寝る時は七海さんはパジャマかな……？　いや違う、そもそも明日は学校だしどっちにしろ泊まれない。うん、違う、そうじゃない。落ち着け。

『……うん、ごめん……お泊りは違うよね……。うん……つい。初美達とはよくお泊りするからさ……』

どうやら七海さんも自分の発言の自爆加減に気が付いたようで、声が段々とちっちゃくなっている。可愛い。

そう思っていると、後方から声が聞こえてきた。

『な～な～み～……逃がさないわよ～……』

『お姉ちゃん教えてよー……私の未来のお義兄ちゃんのどこが好きなの～？』

後ろから聞こえてくるのは、七海さんの家にいる他の女性二人の声……。そっかぁ……あれからずっと恋バナをしていたんだね、七海さん……。

『あ、良い機会だからスピーカーで陽信君にも参加してもらって……』

『陽信！　また明日ね!!』

睦子さんの発言に慌てた七海さんは唐突に電話を切ってしまった。うん……僕もさすがに女性陣の恋バナに混ざる勇気はなかったんだけど……。ちょっと寂しい。

だけどその直後……七海さんからメッセージが一つ飛び込んできた。

『今日はありがとう、楽しかったし嬉しかった。改めて、これからもよろしくね。それと……来週もデートしようね』

そのメッセージに、僕はニヤニヤと笑みが浮かぶのを抑えられず、『もちろん、来週もしようね。また明日。お休み』と僕らしくもなく積極的な返信する。

明日から、僕はまた七海さんとの日々を過ごす。今度は家族公認だ。後ろめたいことは一つずつなくなっていっている……。

「七海さん、また明日ね……。大好きだよ」

スマホを見ながら、我ながら自分らしくない独り言を呟いた僕は、少し赤面しながらもそのままベッドにもぐりこんで眠る。

この言葉が、七海さんに届いているといいな。

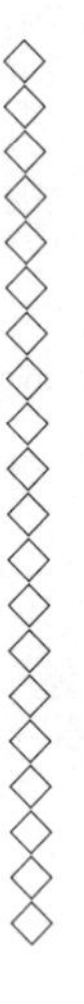

その日の深夜……。

「んん……七海さん……七海さんダメだよ?!　僕達まだ高校生……ご奉仕って……いや、でもそんな格好……七海さん?!」

僕はベッドの中から飛び起きる。夢の中には七海さんが出てきて……僕に愛しているなんて言いながら迫ってくる内容の、なんとも破廉恥な夢を見てしまった。破廉恥って少し言い回しが古いか……動揺してるのが自分でも分かる。

「今日は楽しすぎたからかな……でも……愛してるって……妄想すっ飛ばしすぎだろ僕……」

やけにリアルな夢の内容に……僕は本当に七海さんからそう言われた気分になりながら……ベッドの中に再び潜り込むのだった。

幕間　これからの彼女

「陽信(ようしん)！　また明日ね‼」

せっかく陽信と話をしていたのに、彼からの返答を待たずして私は通話を切ってしまう。

あぁ、もう！　もうちょっと話していたかったのにお母さんのせいだよ！

でも、さすがに親と一緒の恋バナに陽信が参加するのは恥ずかしすぎて私が死んじゃう……。さっきまでだって羞恥(しゅうち)に顔が真っ赤になってたのに。

私はせめて……メッセージを送る。

今日楽しかったことのお礼と、来週もまたデートに行こうねというお誘(さそ)いだ。

今日は陽信からのお誘いだったけど、次回は私から誘うことを暗に含(ふく)める。次は私がデートプランを考えたいなと思った。彼が考えてくれたように、私も初めてそういうことを考えたくなっていた。

陽信からの返信は、また明日ねという返事とともに、おやすみの挨拶が書かれていた。

それだけで私の顔は綻(ほころ)ぶ。

本当は直接、電話でおやすみを言いたかったのになぁ。私は後ろにいる二人に恨(うら)むような視線を向ける。

どうしてこうなったのだろうか。

私はそう思わざるを得ない。今、私の目の前には二人の強敵がいるのだ。

それは、私のお母さんである茨戸睦子(ばらとともこ)と、私の妹である茨戸沙八(さや)である……。二人とも私の電話を邪魔したのをどこ吹く風(かぜ)というふうにお茶を飲んでいる。くそう。

陽信が帰宅した直後、お母さんは張り切って私を引きずりながら上機嫌(じょうきげん)だった。

「さー、今日は娘と恋バナよー？　お母さんの夢が叶(かな)ったわー!!　色々聞かせてもらうわよー！」

こうなったお母さんは止められないし、止まらない。諦(あきら)めるしかないのだ。

「お母さん……観念したから腋から手を離(はな)して。あと……あんまり恥ずかしい質問はしないでよ？」

「あら……お母さんに聞かせられない恥ずかしいこと……したの？」

ニヤリとした笑みを浮かべるお母さんのその質問に、私は頬(ほお)を赤くする。いや、してないから。恥ずかしいことなんて何一つしてないから！

「じゃあ何聞いても問題ないわねー。さぁ、根掘り葉掘り聞いちゃうわよー」

心を読まないで！　なんでわかるの?!　……恥ずかしいこと……してないよね……私？　ちょっと不安に感じる中で、お母さんとの恋バナが始まった。

まず、お母さんには抱きしめられた時の感想を根掘り葉掘り聞かれた。あの時はもう内心で大慌てだった。

よよよよよよ陽信?!　お父さんとお母さんの前だよ?!　嬉しいけど大胆過ぎない?!　私どうしたら?!　そんな考えが頭を占めていた。

でも、陽信の身体はちょっと硬いけど……なんだか凄く落ち着いて、気持ちが……すごい安心して、私も抱きしめ返した方がいいのかなとか考えていた。

陽信がお父さんの条件受け入れてくれるのがすごく嬉しくて、やっぱり私も抱きしめ返そうとして……そこでお父さんの言葉で固まってしまった。

覚えていないって！　覚えていないってどういうことなの?!　私の葛藤を返して欲しかった。そして、抱きしめ返せなかったことが何より悔しい……と、そこまで言って私は目の前のお母さんがニヤニヤしているのに気づく。

もうね、からかい半分の嬉しさ半分といった笑みで、まんまと喋らされた私は自分の迂闊さと羞恥で赤面してしまう。

そして、その話が終わったタイミングで沙八が合流する。タイミングが良いんだか悪いんだか……いや、私にとっては悪い方かな。

沙八なんかは陽信がいた時には部屋に引っ込んでいたくせに、彼が帰ってお母さんが本格的に恋バナをしようとすると、タイミングよく部屋から出てきたのだ。

そこは部屋に籠っていてほしかった……案の定、お母さんは沙八を恋バナに誘う。沙八も興味津々なんだろね、ノリノリで参加してきちゃうし……はぁもう。

こうして、我が家の女子会が開催された。主催はお母さん、主演は私、観客は沙八だ。夜も遅いし太っちゃうので……お茶のみでお菓子はなしで。まるでお茶請けの甘い物は私の話だと言わんばかりの二人だった。

次の話題は、陽信が手の繋ぎ方を変えて来た時だ。

あの時の陽信は手の繋ぎ方変えたと思ったら、お父さんとお母さんにそんな……これから先ずっと……ずっとって……まるでプロポーズじゃないかという言葉を言ってくれた。お父さんとお母さんも目を丸くしてるし、そうだよね、これプロポーズだよね？　そう思っていいんだよね？

私が覚えていない昔の話を聞いて不安だったのに、その不安が一気に吹き飛ぶ。心の中には嬉しさしかなかった。

……プロポーズかぁ……でも卒業してからいきなり結婚とか早すぎだから……まずは高

校のうちは順調に交際を続けて……進学してからど……ど……同棲とか？　しちゃうのかな？

あ、でもそうなるとどんな家が良いかな？　アパートとか？　狭(せま)いお家でも二人ならいいけど、そうなると夜とか一緒に寄り添って寝(ね)たり……？　えへへへ……と、そんな妄想が続いて、目の前の二人にニヤニヤされた。

今日の話を聞かされてからはもう止まらなかった。それから私はさっき陽信に電話をもらうまで、二人から陽信と付き合ってからのことを根掘り葉掘り聞かれていた。

さながら事情聴取(ちょうしゅ)である。とにかくもういろんなことを聞かれた。いやまぁ、私もなんていうか陽信の自慢(じまん)ができてちょっと楽しかったけどさー。

助けてくれた時の話とか、お弁当箱を一緒に買いに行ったりとか、先輩(せんぱい)から私を守ってくれた話とか、とにかく色々な陽信の好きなところを、気づけば喋らされていた。

逆に嫌(きら)いなところ……というか不満なのは、いまだに『七海(ななみ)さん』と『さん』付け呼びであることくらいかな？　ホントにそれくらいだ。

陽信のような男の子にはハードルが高いと思うのだが……私としては呼び捨てで呼んでほしい。

あ……あだ名もいいかも？　でも、それだとちょっとバカップルっぽいかな？

話は逸れたけど、そう……私は、陽信の好きなところ全部を喋ったのだ。逆に言うとそれしか喋っていない。

肝心なことは喋っていない。

喋れるわけがないのだ。私が罰ゲームで告白したということは……。

それがきっかけで私と陽信は付き合っているということを、私は家族にも言えないでいた。だけど、お母さんも何故かそこは、私と陽信の馴れ初めについては不自然なほどに聞いてきていない。

とにかく私が陽信のどこが好きなのか、格好いいと思ったのか……これからどうなりたいのかとか、そんな話をずっとしていた。

ちょっと恥ずかしいけど……私は陽信の良さをありのままに喋りつくした。そのたびに沙八はキャーキャーと騒いでいるのだ。パッとしないとか言ってたくせに……。

そして「私もそんな彼氏が欲しいー」とまで言い出したので、陽信は渡さないからねと釘を刺したのだが、きょとんとした後で呆れた目で見られてしまった。

「……お姉ちゃん、どれだけ陽信さんの事が好きなのさ？　私はそういう優しい彼氏が欲しいってだけで、陽信さんと付き合いたいって言ってないじゃん？」

妹に正論で言い負かされてしまった。こういうのを語るに落ちると言うのだろうか？

ちょっと考えればわかることなのに……あーもう！　恥ずかしいからこの話おしまい!!

「私もう、お風呂入って寝るからね!!」

私が怒って立ち上がったそのタイミングで、ちょうどお父さんが帰ってきた。お母さんはお父さんをお出迎えに玄関まで向かっていく。

その背を見送ってから、私は宣言通りお風呂に入って寝ることにした。初美と歩には、あとでデートの結果をメッセージで送っておこう。大成功だったよと。

お母さんが居なくなり、沙八は私をからかって満足したのか、お風呂に行こうとする私に手をひらひらと動かして見送ってくる。

全く、勝手だなとため息をつきつつ、解放された喜びと共にお風呂に移動しようとしたところで……お母さんがひょいと顔を覗かせてから、妙なことを言ってきた。

「七海……あとでお部屋に行くから……二人でちょっとお話ししましょうか？」

「あ、うん。わかった」

お母さんと二人で話す……？

私もお父さんも沙八も、何か悩みがある時にはお母さんと二人だけで話をする。そうやって悩みを相談することが、ほぼお決まりになっている。

でも……お母さんからそう言ってくるのはとても珍しかった。

私がお風呂に入ってパジャマに着替えて……初美と歩に今日のデートが大成功だったことを告げて、初美には口裏合わせが無駄に終わったことと共に、お礼と謝罪を改めてする。

そうやって過ごしていると、部屋のドアがノックされる。お母さんだ。

「七海……いいかしら？」

「うん、良いよ。どうぞ」

お風呂上がりのお母さんが部屋に入ってくる。なんというか……お母さんは本当に綺麗……というか色っぽいなぁ。

同じ女性の私でも思う。私の理想像だ。

将来はこんなお母さんになれればいいなと思っているんだけど、相手は……。いや、今は考えないでおこう。

顔が赤くなるし、お母さんと話せなくなっちゃう。

お母さんは私のベッドの上にパジャマ姿で腰掛ける。うん、お風呂上がりだからやっぱり凄く色っぽい。

私もお母さんの隣に腰掛ける……相談する時の我が家のスタイルだ。

「珍しくない？　お母さんから部屋で二人で話そうって言ってくるの？」

「そうね、確かにそうかもね」

お母さんは少しだけ困ったような笑顔を私に向けた。こういう表情を見るのは……凄く久しぶりな気がする。最後に見たのはいつだったかな？

「七海……単刀直入に聞くわね。どっちから告白したのかしら？　七海から？　陽信君から？」

お母さんは不意にその質問を口にした。先ほどは不自然なくらいに一切聞いてこなかった……私と陽信のどっちから告白したのかという話題だ。

お風呂から上がったばかりなのに……私の体温が一気に下がり身体が冷えてしまったような感覚に襲われる。なんで今になって、お母さんはそんなことを聞いてきたの？

「……いや……えっと……私から……だけど……」

私は声を絞り出すように事実を告げる。お母さんには嘘はつけない。嘘は言ってない。嘘をついてもお母さんはちょっとした仕草や、言い方……あとはお母さん特有の女の勘で全部見抜かれてしまう。伊達に私達を育ててきていないと言うけど、凄すぎる。

「あらあら……おかしいわね？　さっき七海から聞いた陽信君の好きなところって……全部お付き合いしてからのお話ししかなかったのに……なんで七海は陽信君に告白したのかしら？」

私の心臓がドクンと大きく鼓動する。

それは……罰ゲームで……とは言えない。

言えない？　……なんで言えないいんだっけ？　それは……お母さんに嫌われるのが怖いから……？　違う……私が一番嫌われるのが怖い人は……今は……。

考えが纏まらない中で……冷え切っていた私の身体が温かい何かに包まれる。それは柔らかくて心地よくて……安心する良い匂いがした……。そして、触れたところから私の冷たくなった身体がじんわりと温まっていく。

お母さんが……私を抱きしめてくれていた。

「七海……さっきお父さんが嘘って言ったとき、今日の嘘じゃなくて……違う嘘について考えたんでしょう……？」

「……な……んで……分かるの……？」

「お母さんだもん、分かるわよぉ。それで七海が苦しんでいることも分かるわ。ねぇ、何を秘密にしているの？　私は何があっても七海の味方よ……だから、教えてくれないかしら？」

その言葉に……私の目には見る間に涙が溜まってきていた。

今まで自分の中に溜め込んできた黒い感情……陽信に嘘をついて、騙して、そのうえで彼の心をこっちに向けようとズルく足掻いて、後ろめたいのにその心に蓋をして……。

初美や歩には笑いながら日々の楽しいことを報告して……そして彼と一緒に楽しんで、笑っていた……私の醜い心。

それが一気に吹き出してしまった。

「あのね……お母さん……私ね……陽信にね……酷いことをしているの……私ね……私……罰ゲームで……罰ゲームで陽信に告白したの……私……最低なの……」

「……そうだったの……だから好きなことが、全部付き合ってからのことだったのね……」

「うん……うん……そうなの……私は……私……私……うううううう……」

溢れ出した涙は止まらずに、私はお母さんの胸の間に顔をうずめて、お母さんのパジャマを濡らしてしまう。

それでもお母さんは私をずっと抱きしめ続けてくれた。言葉にならない嗚咽と、私の後悔の言葉をただ黙って……お母さんは聞いてくれていた。

そのまま私は……自分の醜さと陽信への気持ちを自覚して……泣き続けた。

「ねぇ、七海？　陽信君の事、今はもう……大好きなんでしょ？」

私の涙が少し収まった頃、お母さんは優しく私の背中を撫でながら諭すように言ってくる。その言葉が、私の心の中にストンと落ちてきた。

「うん……うん……好き……好きなの……大好きなの……もう陽信じゃなきゃ嫌なの……」

私はそこで初めて……計算も何もない、陽信のことが大好きだという言葉を口にした。

今までは認めてこなかった……私はチョロくないなんてくだらないことで意固地になって、口にしてこなかった言葉を、やっと口にすることができた。

「どういうところが好きなの？」

「あのね、陽信は凄く優しいの……自分が傷ついても私を気遣ってくれて……それに、私が学校と違う……ギャル系の服じゃなくても、目を見て私だって気づいてくれたの……。そんな私も可愛いねって、褒めてくれたの……」

「うん、うん。いい子ね……ほんといい男の子ね」

「いつも私の欲しい言葉をくれるの、不安な時に手を握ってくれて、抱きしめてくれて……一緒に居るだけで安心するし……楽しいの……」

「うん……うん……」

「今までの男の子と違うの……。苦手とか嫌いとか怖いとか……陽信には全然感じなくて……もう……彼じゃないと嫌なの……」

そのまま私はお母さんに抱きしめられる。

全部全部吐き出して……それでも涙は止まらなかった。

私の泣き声が少しおさまり、全てを吐き出し尽くした頃に……不意にお母さんの感触が私から離れた。

「うん、じゃあ泣き言はお終い！　明日から七海はもっともっと陽信君を好きになるように頑張りましょうか!!」

私から離れたお母さんは、パンと両手を叩いてその顔に朗らかないつもの笑みを浮かべる。私は涙でぐちゃぐちゃになった顔をそのままに、呆けた顔をお母さんに向けていた。

「お母さん、怒らないの？」

「そうね～……今度、七海と初美ちゃんと歩ちゃんにまとめてメッてはするけど。七海を思ってくれての行動なんだから、そこまでは怒らないわよ？」

その言葉に、ちょっとだけ背筋が寒くなる。

メッとは言ってるが……お母さんが怒った時の迫力は半端じゃないのだ……。私は心の中で初美と歩に謝る。私も一緒に怒られるから勘弁してね……。

「それにね、七海……きっかけは何でもいいわ。罰ゲームだったとしても、あなたはもう陽信君が大好きで……陽信君も絶対に七海が大好きよ……私は二人を応援するわ」

「お母さん……」

お母さんに励まされて、私は……もうごまかすことはやめることにした。私は陽信が大好きだ。

ずっと一緒に居たい。チョロくたっていい。自分の気持ちにもう嘘はつかない。

「でも、ケジメは付けないとね……？」

お母さんは人差し指を唇に当てて、その顔に妖艶な笑みを浮かべていた。その表情にゾクッとする。それは私も見たことがない、初めて見る……お母さんの女としての表情に見えた。

ケジメ……？

お母さんはその人差し指を私に向けると、まるで命令するように私へと告げる。

「一ヶ月の記念日……七海、あなたは全部を正直に話して陽信君に謝罪しなさい。そのうえで、今後をどうするかは、彼に委ねなさい」

お母さんからのその宣言に、私は身を固まらせた。

今までの私の行動は罰ゲームだとバレたときのための行動だ、だけどこれからはそうではない。

私はどういう行動をとっても……最終的に彼に真実を告げなければならない。

それがひどく怖い……怖いけど……。

「うん……わかったよ、お母さん。私は一ヶ月の記念日に陽信に……全部自分から話して……謝る。そして、そのうえで改めて……告白する。今度は嘘じゃない。本当に、陽信のことが大好きだって告白する」

私は自分に言い聞かせるように、決意の言葉を口にする。その反応を見たお母さんは嬉しそうに笑った。そして……。

「それじゃあ、これから一ヶ月の記念日までは、陽信君へのご奉仕の日々ね♪」

「言い方なんかおかしくない⁉　なんかえっちぃよ⁉」

覚悟を決めた私の言葉を茶化すように、急にいつものお母さんに戻って、私はその緩急についていけなくなる。

……ご……ご……ご奉仕って……。何するのいったい⁉　考えただけで頬が熱くなってしまう。

でも……一ヶ月の記念日にと……お母さんは言うが……。

「お母さん……私、すぐに謝らなくていいのかな……？」

「七海はまだ怖いんでしょう……？　まぁ、私から見たら全く問題ないとは思うんだけど……心の準備はそうはいかないもの……。ゆっくりゆっくり準備して……ますます陽信君を好きになっちゃいなさい」

お母さんは……最初に言った通り私の味方をしてくれた。

でもそれは陽信の敵になるということじゃない。お母さんは私も陽信も、どっちの味方にもなってくれているようだった。

「それにね、恋愛は惚れた方が負けってよく言うでしょ？　それって結局……お互いが惚れ合ってたらどっちも勝者で、かつ敗者になるのよ？　私とお父さんのようにね」

……お母さんに惚気られてしまった。

でもその一言に……私も陽信と、お父さんとお母さんみたいなそんな関係が築けると良いなと考え……結婚を考えるのはさすがにまだ早いと気づいて、頬を染めた。

「あらあら、陽信君との結婚生活でも思い描いちゃった？　うふふ、ご奉仕と言っても……高校生らしい範囲でね？」

全部見透かされたその言葉に……本当に、お母さんには敵わないなぁと私は改めて実感するのだった。

「陽信……明日からは私……改めて全力で行くからね！」

涙を拭いて、愛する人に向けて呟いた私の言葉を聞いているのは、お母さんだけだったが……何故か私は、その言葉が陽信にも届いているような気がしていた。

「あらあら、七海ったら愛する人だなんて。もう、気が早いわねぇ」

「だからなんで考えてること分かるの?!」

「お母さんだもん、分かるわよー。それじゃ、私も愛する人のところに行こうかしら。おやすみー」

そう言ってお父さんの元へ行くお母さんを、私は赤面しながら見送るしかなかった。

第四・五章　デート中の僕等

映画も見終わり喫茶店で感想を言い終わった僕等は、ショッピングモール内をブラブラと手を繋いで散策していた。

そういえば、そろそろお昼時か。何を食べようか？　確か七海さんは昨日ハンバーガー食べてるって言ってたっけ。写真付きで報告してくれたよな。

「七海さん、お昼って何食べたい？」

いつもは七海さんから僕が聞かれる言葉だ。お弁当のリクエストと、外でのお昼はまた違うけど、このセリフを僕が言う時が来るとは思わなかった。

「お昼？　お昼かぁ……」

「昨日はハンバーガー食べてたよね。写真付きで送ってくれてたし」

「うん。久々に食べたけど美味しかったよー。陽信は昨日何食べたの？」

「……カップ麺」

別に悪いことをしているわけじゃないのに、謎の罪悪感とか劣等感が僕の中に湧いてきて思わず目を逸らしながら昨日のお昼を告げるけど、七海さんはあっけらかんとしたものだった。

「だから昨日、お昼何食べたか教えてくれなかったの？　カップ麺、男の人って好きなのかな？　お父さんもよくこっそり食べようとしてお母さんに叱られてるんだよね」

まだ見ぬ七海さんのお父さんに対して、親近感が湧いてくる。そう、カップ麺は好きでよく食べるんだけど、そのたびに僕と父さんは母さんに叱られてたりする。

その辺りはどのご家庭でも一緒なのかと謎の安心感が出てきた。七海さんのお父さんか、どんな人なんだろうか？　お会いするのはきっと大分先なんだろうな。

その時は失礼が無いようにしないと。いや、そんな未来の話はまずは置いておこう。まずは今日のお昼ご飯だ。

「昨日がハンバーガーなら、今日はスパゲティとかどう？　割と美味しそうなスパゲティ屋さん、近くにあるらしいんだよね」

「パスタかぁ。でもパスタ専門店って割と高くない？　もうちょっと安い所にしようよ」

「んー、でも今日は日頃のお礼も兼ねてるから、ちょっと奮発というか、色々とお返ししたいなぁと」

スパゲティとのさり気ない表現の違いに不思議な気後れを感じながら、それを口にしたところで……僕は両頬をいきなり彼女の手でふんわりと挟まれた。

「……七海さん？」

唐突なその行動に僕は頬が熱くなり、彼女の名前を絞り出すように口にするので精いっぱいだった。

「あのね、陽信？　お礼の気持ちを持ってくれるのはありがたいけど、そんなに気にしなくていいんだよ？」

その両手には力がさほど入っていないのに、僕は彼女の瞳から目を逸らすことができずにいた。七海さんは眉尻を下げて、子供に言い聞かせるように優しい微笑みを浮かべている。その微笑みは、ほんの少しだけ悲しそうにも見えた。

たぶん、彼女の中でも色々な葛藤があるのかもしれない。

「うーん、七海さんは対等なお付き合いがしたいんだよね？　だったら僕からも日頃のお弁当のお礼くらいはしないと、対等じゃないと思うんだよ」

「んじゃ、もうちょっと安いものにしようよ？　たぶん陽信の言ってるお店、私も知ってるけど一人千円以上しちゃうでしょ。さすがに奢ってもらうには高いよ」

「うーん、安いものかぁ……。じゃあ、何食べたい？」

結局、質問が元に戻ってしまった。七海さんは本当に色々としっかりしている。悪い女とかそういうのとは無縁だな。

　この辺りを知ってもらえれば、ピーチさんの心配も誤解も解けると思うんだけど……。

　七海さんは僕の言葉を受けて、僕の両頬から手を離した。温かく柔らかい感触が離れていくのを寂しく感じながら、考え込む彼女の姿を見る。

　そんなに悩まなくてもいいのにと思っていたら、七海さんから返ってきたのは意外な言葉だった。

「今ちょっと、何でも良いって言う男の人の気持ちが分かったかも」

「何それ、何でも良いは一番困るんじゃなかったの？」

　意外な一言に、僕は思わず苦笑しながら七海さんに軽口を叩く。以前なら絶対に言えなかった言葉に、自分でもビックリしつつ七海さんが不快に思わないか心配になり彼女の顔を見る。

　だけど、七海さんは特に不快そうな表情ではなく、ほんの少しだけ上を見ながら困ったように呟く。

「んー……だってさぁー」

　どんな言葉が出るんだろうか？　もしかして食べたいものがありすぎたり、気を使いすぎて選べないとかそういうのだろうかと僕は考えていたんだけど……。

その考えは甘かった。

「陽信と一緒ならさ、何食べても美味しいだろうなーって思って」

両手を合わせながら、頬を染めて彼女は言う。そんな一言が出るとは全く思っていなかった僕は衝撃を受ける。まさか「何でも良い」という言葉がこんな素敵な意味に変わるとは思いもよらなかった。

そんな会心の一撃のような一言を僕はまともに喰らった。本当に、まるで頭部をぶん殴られた時のような衝撃が僕を襲ったのだ。いや、錯覚だけどさ。

初デートなのに、なんでそんな台詞が出せるんでしょうか七海さん。

「どうしたの陽信？」

思わず僕はその場にへたり込んで顔を隠してしまった。顔が熱くてまともに彼女の顔を見られそうになかったからだ。

「七海さんさぁ……前に僕に女の子と付き合ったことないのって聞いて来たことあったよね？」

「あぁ、あったね。うん」

「七海さんこそデートってホントに初めてなの？　なんかもう、言葉の破壊力が凄すぎて僕ヤバいんだけど。心臓に悪いんだけど」

なんだか今日はいつもと質問する側、される側が逆になる日になっている。彼女は不思議そうに首を傾げて僕を見てる。

「いや、デートは初めてだけど……。あ、女子同士のもデートに数えるなら初めてじゃないかな？　でも男の子とは完全に初めてだよ」

「女子同士でも、何食べても美味しいとか破壊力凄いこと言うの？」

「そりゃ友達と一緒なら美味し……あっ……」

そこで七海さんは自身が言った言葉の意味を理解したのか、僕から遅れて顔を赤くした。

ちょっとだけ沈黙した後に、開き直ったかのように胸を張った。

「そりゃあね！　ほら!!　ご飯は一人じゃなくて誰かと食べた方が美味しいから!!」

顔を真っ赤にしながら、彼女は言い訳のようなことを宣言する。僕としてはご飯の味は一人で食べようが複数で食べようがそう変わりないもの……だったけど。

「そうだね、確かにその通りだ」

僕はその言葉に同意する。

僕はこの一週間近くで知ってしまった。一人じゃなくて、二人で食べるご飯の美味しさを。罰ゲームでとはいえ、七海さんに教えてもらったんだ。

「もー、大人っぽい笑顔なんて浮かべちゃって。バカにしてるでしょ？」

「してないしてない、誤解だよ。僕も七海さんと一緒なら、何でも美味しいよ」

僕の返答に、まるで子供のように七海さんは口を尖らせてくる。誤解を与えたのは申しわけないけど、そんな姿も可愛らしく見えてしまう。今日だけで彼女の色々な姿を見ている気がする。

「あ、私アレ食べたい。アレ！」

「アレ？　って何？」

誤魔化すように七海さんは人差し指を立てる。何か食べたいものが決まったのだろうか？　彼女の口から出てくるのが何であれ、僕はそれを叶えるつもりだけど……出てきたのは予想外の店だった。

「牛丼！　牛丼屋さん行ってみたい！　行ったことないんだよね！」

「牛丼?!」

それって、デートで女の子連れてっちゃダメな場所じゃないの？　なんかそんなことを言ってるテレビ番組を見たことあるよ？

初デートで彼氏に牛丼屋連れていかれてあり得ないって思ったとか、そんな話だったはずだ。あれ？　でも彼女が食べたいって言った場合はどうなるんだろうか？

「牛丼……もっと良いものでもいいんだけど、ホントにそれでいいの？」

「ほら、女の子同士だと行ったことないからさ、行ってみたくて。もしかして、陽信も行ったことないとか？」

「いや、一人で食べに行くにはちょうどいいから、結構いろんなお店行ってるよ」

「じゃあ、私が初めて一緒に行くのかな？」

僕は少しだけ考え込む。確かに言われてみれば誰かと一緒に牛丼屋に行くのは初めてかもしれない。いや、それどころか誰かと外で食事すること自体初めてかも？

「そうだね、初めて一緒に行くかも。というか僕、デート自体が初めてだから今日の出来事は全部初めてかもしれない」

「私も牛丼屋さんは初めて。だから、初めてを一緒にできて嬉しいなぁ」

「それは僕も嬉しいけど……いいの？　牛丼屋で？」

「いーの！　パスタ屋さんは初美達と一緒に行ったことあるし、どうせなら今日は初めてをいっぱい体験しよう！」

そう言うと、七海さんは僕の手を取り歩き始める。その嬉しそうな顔にちょっとだけ困惑（こんわく）してしまう。そんなに嬉しいものなのだろうか？　まぁ、彼女が嬉しそうならいいか。

「そうだね、いっぱい楽しもうか」

「うん。あ、次はラーメン屋とかも行ってみたいな。行ったことないから、美味しいお店を探してほしいなぁ」

七海さんは、次のデートのお昼ご飯のリクエストをそこで告げた。これが最初で最後のデートではなく、七海さんは次も……僕とデートしてくれるんだろうか？

彼女の楽しそうな表情を見て僕はよくわからなくなったけど、次があるというならばこれほどまでに嬉しいことはないだろうな。次はもっと、彼女に楽しんでもらいたい。

だから僕は彼女に告げた。

「そうだね、美味しいお店探しておくよ。だから次も……僕とデートしてくれる？」

「もちろん。陽信は私の彼氏だもん、喜んでするよ」

彼女のその言葉は、まるで自分自身に言い聞かせているようにも聞こえるのは穿った見方をしすぎだろうか？　その言葉を、僕は心から信じても良いんだろうか。

僕はそんなことを考えて、彼女の手の温もりを感じながらお昼ご飯を取るべく、牛丼屋へと向かうことにした。

そして一人心の中で決意する。次はもっと、もっと喜んでもらえるように頑張ろうって。

それが僕等の初デートにおけるお昼の出来事だった。

あとがき

この本をお手に取って下さった方々、はじめまして。結石と申します。「けっせき」ではなく「ゆいし」と読みます。冒頭の著者プロフィールにもありましたが、アラフォーで、来年の一月にとうとう四十歳になります。

まさか三十代最後の年に自身の本が世に出るとは思っておりませんでした。この年で新しいことへの挑戦は実に楽しいです。

本作は2000年3月7日に投稿をはじめ、同年の5月に本編を一度完結。その後は番外編などを更新しておりました。

そして、書籍のお声掛けをいただいたのは忘れもしない今年の3月のことでした。実に一年越しのお声掛けなのです。

その時の私のサイト内での順位は良いものではなく、まさに青天の霹靂で、部屋で一人拳を上げて叫んだのを覚えてます。

既に完結していたこの作品を、こうして本として出せたのは応援して下さった方々のおかげと感じております。

それからは、まさに怒涛の日々でありましたが、とても楽しかったです。

本作を見つけてくださったHJ文庫編集部の小林様には感謝してもしきれません。色んな性癖がバレてしまったため、たぶん一生頭が上がらない気がします。

そして、かがちさく先生。この度は素敵なイラストをありがとうございます。キャラデザを全くしてなかった私のせいでご苦労をかけたかもしれません。

イラストが届けられるたびにニヤニヤと一人で楽しみ、今すぐ世界中に公開したい想いを堪える日々でありました。

書籍化しますと発表した時、前々から応援してくださった方々が我が事のように喜んでください、同時に温かいお言葉には涙が出ました。

泣くということが、本当に久しぶりだった気がします。

様々な形で本書に関わってくださった皆様に、ここに改めて感謝と謝罪を述べさせていただきます。

本書はWEB版をベースに色々と書き加えたのですが、お楽しみいただけたでしょうか?

お楽しみいただけたなら幸いです。

この先の彼と彼女がどうなるのか、結末を知っている方も、初見の読者の皆様も見守っていただけますようお願いします。

実は特典を何本か書いてまして、ノベルアップ＋様のみで読める特典なんかもございます。本作がお気に召したら、サイトまで見に来ていただければと思います。

あと、泣く泣く没になった特典もあったりするので、それもどこかで公開したいですね。何か方法ないか模索します。

本文を書きすぎて、あとがきがほとんど書けなくなった結石より、皆様へ改めての感謝を込めて。

また次巻にてお会いできましたら幸いです。

２０２１年12月　結石より

次巻予告

初めての水族館デートに、

順調に仲を深め合う陽信と七海。

そんなある日、いつものように仲睦まじくショッピングモールをデートしていたら陽信の両親に見つかって大ピンチに!!

「本物です!! 私は陽信君の本物彼女です!!」

なんとかピンチを脱した2人だったが、それから七海のスキンシップがどんどん過激になって……!?

「陽信の体って脱いだらすごく逞しいね……!」

WEB発の大人気カップルラブコメ早くも続刊決定!!

2022年2月1日発売予定!!

HJ文庫 973 https://firecross.jp/

陰キャの僕に罰ゲームで告白してきたはずのギャルが、どう見ても僕にベタ惚れです 1

2021年12月1日　初版発行

著者――結石

発行者―松下大介
発行所―株式会社ホビージャパン

〒151-0053
東京都渋谷区代々木2-15-8
電話　03(5304)7604（編集）
　　　03(5304)9112（営業）

印刷所――大日本印刷株式会社

装丁――AFTERGLOW／株式会社エストール

ISBN978-4-7986-2678-9　C0193

ファンレター、作品のご感想お待ちしております

〒151-0053 東京都渋谷区代々木2-15-8
(株)ホビージャパン HJ文庫編集部 気付
結石 先生／かがちさく 先生